见怪啦

虫知县与其他故事

豆子 著

GUANGXI NORMAL UNIVERSITY PRESS
广西师范大学出版社
·桂林·

目录

保家客

顺治十七年的时候，佟四从宁古塔潜逃回家，邻居知道后并没有举报，反而建议他赶快转移。当初，他的妻子儿女没有跟他一起发遣，思念与日俱增。等他逃回家后，发誓再也不分开，便一起逃跑了。

顺治、康熙间，山海关以外各处关津的守备都不是很严，很多时候甚至没人盘问。他们得以从通辽进入蒙古，跟着做生意的行商躲了两年。有个祖籍山东的行商，名叫周建民，和佟四相识相知，情同兄弟。佟四的小儿子出生后，周建民就建议他到山东投奔周家的亲戚，想办法在山东落户。

佟四一家辗转辽东，走海路抵达蓬莱，又到了莱阳，贿赂当地小吏，改换名籍，用之前做生意攒的钱盖屋置地。新家建成后，就把一个开口的木盒挂在卧室高处，贴上写着"保家客之神位"的红纸，再在上面盖一块红布，祈求神灵的保护。

然而，一家人却因此遭了灾。

这还要从还没和周建民相识的时候说起，佟四随流民在大青山割草，为了多赚一点钱，往往要干到很晚。有一回，在缓坡上遇见一只白首红身的狐狸，红狐的肩上，还驮着一只细小的黄鼬。"秃"似的伫立，嘴里发出孩童咿呀学语的怪音。

佟四伏在草丛中观察，不一会儿，就看见从黄鼬肚脐的位置浮出来一个橘红色的火球。一开始只有鸡蛋大，后来有如月轮，最后竟和车轮一般大，完全裹住了它们的身体。

此时有牧民大声呼唤，两个东西听见了人的声音，吃了一惊，呆站着，左顾右盼。紧接着是牧民更凶狠的呵斥，还有扬鞭的声音，吓得它们转身跑了。包着它们的火球瞬间熄灭，一时万籁寂静，风吹青草，沙沙作响。

佟四赶忙上前查看，那里并没有烧火的痕迹，倒有一颗桃核大小、殷红色的琉璃，安静地躺在地上。拿在手中，尚有余温，凑近了，能闻出一丝莫名的香气。

佟四把事情告诉了东家，东家正是那个牧民，跟佟四说，刚才确实看见一片红，以为着火了，所以才大声呵斥，没想到是两位仙人。他因搅扰了仙人修炼，害怕遭到报应，不敢索要琉璃，就让佟四收好，以后安家好供奉起来，便能得到无上的福报。

佟四有了新家，果然立了保家客。

然而佟四背井离乡，凄楚万般。沿海的村庄都不服管，官府弹压得厉害，常有恶人借势告发仇家谋反，所以到处都在抓人。

佟四的口音和本地人不同，生怕被人认出来，更加害怕得罪别人，凡事忍让再三，就是被无赖欺负到头上也不敢反抗。

乡里的大小光棍知道他好欺负，经常没事找事。

只有佟四的女儿不肯受气，经常和别人打架，就算对方是十三四岁的大孩也不怕，被按在地上打就用牙咬，往往被打得站不起来。然而下次遇见，依然疯喊着扑上去，一副不要命的样子。等对方落荒而逃，就冲去主谋家门口叫骂诅咒。夜深人静的时候，也会爬上人家矮墙叫骂，到最后，那帮无赖没有一个敢惹她。

一天，佟四的儿子和邻居家的孩子玩，分手后就不见了。人们找遍了附近所有的村庄、河道、林地，没有找到。恰巧这几天乡中一无赖少年被佟四的女儿吓得躲去了亲戚家，佟四就怀疑是这小子干的。

找去问，那少年说和他不相干。佟四的女儿逼问再三，少年才承认打了佟四的儿子，但是打着打着就打成空气了。

这让佟四非常生气，以为他没说实话。就连少年家的人也以为他魔怔了，才会说出这样不着边际的话。

追问无果，佟四只好先回家。回家以后，竟发现新买的牛也没了。几日之间，失儿丢牛，坏事连连，又没有发现端倪，以致仓皇无措，经常和妻子相对流泪。

半个月后，佟四要拿放在立柜上的东西，突然瞥见神龛里的琉璃旁有个花生大小的东西。以为是屋顶掉下来的土块，没有在意。等下来坐在堂屋写寻人启事，心神颇为不宁，于是重新登上椅子，拿烛台去照，赫然发现那花生大小的东西，居然是一个陶俑：一个小牧童坐在黄牛背上吹笛，情色欣然。牛伸长了脖子侧耳倾听，栩栩如生。

更让他惊讶的是，牧童的衣物、发式，和自己的儿子一样，胯下的牛，也和家里的一样。赶忙叫来妻子和女儿，都说从没买过这样的东西。

想到既然是在保家客里发现的，可能与胡黄二仙有关，就把村里的神婆叫来请教。

神婆看了一会儿，就说家人肯定是让鬼神收去了，留下个塑像让人怀念。佟四请神婆想想办法，神婆勉为其难地说："只能试试了。"嘴里念念有词，突然如牵线木偶一般，整个身体被什么东西提了起来，翻着白眼，胡言乱语。随后把头一歪，依旧站着，睡了一刻钟。

最后，她打着哈欠，用佟四儿子的声音说："明天就有人能见到我啦!"说完，如烂泥一般，往下一瘫，恰好坐在椅子上，怎么叫都叫不醒。

佟四和妻子把神婆抬回她自己家，交给了神婆的儿子。神婆的儿子见怪不怪，只让佟四家给他两个白面馒头作为报酬。佟四回去拿了四个馒头，另外给了两百个钱。

然而，第二天下午，孩子依然没有回来，外出寻找也没结果，都以为神婆在装神弄鬼，所说的话不可能应验。然而回到家，神婆的儿子已经等在门口，上来就对佟四说："我母亲也不见了。"又说："她脚小，又能跑去哪里呢?"

佟四若有所思，连忙进屋查看神龛，发现里面果然多了一个俑：一个老婆子，双手插在棉袖里，坐着太师椅，闭目养神。衣物形态，与神婆丝毫不差。这个神婆的额头中间有个一寸长的小羊角，因此绝不会认错。邻居们听说后也都来了，纷纷说神婆也一定被收走了。

事情很快惊动了县里，县城的人也来看热闹，把村巷堵得水泄不通。

远近的商贩见这里人多，便在村路边摆摊，卖线头、鱼肉、糖糕，还有人占卜凶吉，设桌说书，编排保家客的故事。各地的老太太也不远百里前来，虔诚地在佟四家磕头，求胡黄二仙保佑自家儿孙满堂。

　　乡绅宋彝秉，叔伯都在京城做官，心思极其险恶。周家兄弟和他有旧怨，碰见他的时候不礼敬他，他因此怀恨在心，苦于一直没能找到整治周家的机会。听说佟四是周建民保的，又出了这样的事，认为刚好可以借铲除逆党的机会把周家人牵扯进去。

　　佟四投奔的是周建民的堂兄周建明，宋彝秉伙同县官，把周建明抓起来打了个半死。然而周建明确实不知道佟四原本的身份，实在吃不住打，就胡说佟四是关外的凶恶之人，手里头有好几条人命。

　　宋彝秉认为这个罪名虽然可杀，却牵涉不广，很不满意，还是"周建明"这个名字有文章可做，就去京城伯父那里告状。得到伯父首肯后回乡，带着衙役和私仆乱抓人。

　　佟四让妻女进屋躲着，自己去院子里应付。那些人抓了他，让他跪在地上。又气势汹汹地进屋，见佟四的妻子颇有姿色，深知宋彝秉的喜好，就把宋彝秉叫进去瞧瞧。

　　人又都出来，把门关上。过了一会儿，就听见宋彝秉

"啊"的一声，惨叫着让人进去。人们进去以后，发现他的腰上被扎了个血口，鲜血已经浸透了衣衫。

宋彝秉带着哭腔说是佟家的小嫚干的，让人把小嫚打死。可慌乱之间竟找不到人，翻箱倒柜，依然不见。把保家龛给拆了下来，神龛里面，果然新多出来两个女子，正是佟四妻女的模样。

宋彝秉恨意未消，为了把事情往谋逆上扯，便逼打佟四，让他承认用煽惑信徒的方式招徕流亡，同周建明、于七勾连，打着白莲教的旗号反清复明。

他把佟四送进了监狱，让讼棍轮番招诱。佟四始终不承认谋逆，只承认了自己是逃犯的事实。然而当初被流放，也只是因为押送犯人时导致犯人逃脱，并不存在其他过错，更没有杀过人。

折磨到后半夜，佟四昏死过去，恍惚间感觉坠入了万丈深渊，最终落在了一团棉花上，身体轻轻弹了起来，随后又落在了上面。如此几次，停在了一张床上。

睁开眼睛一看，这里已不是监狱，是一个明亮的房间，头上是洁白的穹顶，身下是柔软的被褥。阳光从一丈见方的窗户上倾泻下来，清风吹动了乳白的窗帘。更加奇怪的是，他的妻子、女儿竟都围在身边。在外面玩琉璃球的儿子，听见母亲的呼唤，飞奔而来，扑进了他的怀里，

"爹！爹！"地叫唤。

佟四怀疑这是个梦，拧自己的大腿，不但不醒，反而看得愈发真实。想起来可能是自己也被收到了保家客里，以这种方式和家人团聚，内心欢喜无比。只是依然对此前的遭遇心有余悸，大骂宋彝秉。

问家人是如何到的这里，都说和他到达的方法差不多。又问有没有恶人滋扰，都说完全没有。

佟四起身查看，发现四周的风物与关东、山东都不一样。墙壁是全白的，窗户上并不贴纸，只用一种透明的琉璃盖着，透过琉璃片，可以清晰地看到外面的景色。灯是圆的，和窗帘一样乳白，却没有火，由墙上的按钮进行控制。想开就开，想关就关。在夜里打开，能看清书本上的蝇头小字。

这里的人们丰衣足食，没有徭役，也不用纳粮。多数人都识字，可并不怎么看书，只喜欢看一种有字的壁龛，上面的小人能为他们演戏，点什么演什么，竟比王公还享受。

查访一番，家家户户都有人住。在隔壁巷子见到了独居的神婆，佟四问她还记不记得那边的事。神婆说："当然记得！"还说是通灵导致她窥见了神龛的秘密，因此被神力卷了进来，无法回去，不知道儿女们急成什么样。

佟四安慰了她几句就要告别，神婆突然叫住他，说："这里的人并不记得之前的事，你也不要再问了。传言说，相互沟通以前的事，就要遣回原籍。"佟四愕然道："那我们算是沟通了吗?"神婆说："以前就认识的人没事。"

又去探访，果然发现这里的其他人都有所隐瞒，所说的彼此的过往矛盾重重。而且都对他说："以前的苦就不要提了，只要当下不苦就可以了。"

佟四拖着个长辫，人们都觉得好笑，回家后，他就剪了。女儿和儿子都被老师叫去上学，他也想着尽快适应这个地方，学会了用壁龛看戏，还能用卡片一样的凭证坐车外出，去各地旅游。

他的妻子去服装厂上班，他则干起了装修。所做的活，比在宁古塔轻松不止十倍，觉得这样已经非常幸福。

在上一个世界的时候，他们曾在崂山许愿。如今如了愿，便去还愿。下山的时候，在林间又碰见了当年那对黄鼬和狐狸。正不知所措，就看见它们两个也站起来朝他望。夫妻吓得面面相觑，只有儿女觉得它们好玩，去跟它们打招呼。

黄鼬端详了一阵，居然开口说话了。它问旁边的狐狸道："是他抢了我们的东西吧?"狐狸"嗯"了一声。

"要不要杀了他们呢?"

狐狸微微摇头："算了。他们肯定是遇见了生死攸关的事才被收进来的，就把这当成我们积德行善的修炼吧！"

黄鼬快快不快，望着佟四道："我看他浑浑噩噩，不思进取，饱食终日，无所用心。数百年的辛苦，全给了这样一家人，难道不是我们的耻辱吗？"

狐狸从容道："为人难道是我们的终点吗？成仙难道是他们的终点吗？只不过都在修炼自己的内心罢了！以你我当年的境界，能到如此境地，未必不想着慵懒度日，颐养天年。这个人想要家宅平安，夫妻和睦，儿女健康，完全发自他的天良，又有什么可以指责的地方呢？"

黄鼬说："还是太让人生气了！"

狐狸便先走了几步，见黄鼬不动，回首道："走吧！"黄鼬又望了他们几眼，似乎有些不舍，最后才跟着狐狸消失在乱石后面。

佟四被它们吓得不轻，然而家里终究没发生变故，也就渐渐放心下来。

为了感谢胡黄二仙的馈赠，他们又立起了保家客，还请人按照女儿在崂山脚下为它们拍摄的照片，刻了半尺高的雕像，每天供奉。

二十多年后，佟四的儿子外出上学，毕业后留在了北京。女儿在体育大学当老师，三十多岁才组建自己的家庭。他们虽然生活得更好，可总觉得压力很大，每天都很焦虑，往往负气说话。尤其是佟四的儿子，竟然想不通活着有什么劲，每天都在抱怨别人。生活琐事纠缠不断，一怒未平，一怒又起。女儿也想和丈夫离婚，任凭佟四怎样劝解也没有用。

佟四也忧虑起来，时常怀疑宋彝秉也来到了这个世界，散播痛苦，致使他骨肉分离，心有不安。每回和儿子吵架的时候，就想起这个人，因此也跟着儿子一起痛苦。但想想以前的那些苦，又觉得这点痛苦确实不算什么。

身为流人，重获新生，妻子贤静，儿女有成，不该别有奢求。可是怎么就那样心烦意乱呢？心烦意乱的时候，就去找邻居豆先生谈天，颇能纾解忧郁。

豆先生听了他的故事，说："我听说，'打败山里的贼容易，打败心里的贼难'。山里的贼，肉体被消灭了也就没有了，但是心里的贼随时可以萌发、生长，渐渐遮蔽自己的人生。使人如无神的厉鬼，嗜血的行尸，永远不得安宁。"

西哲加缪说："而由于生命已变得优化，对一切都处于麻木状态，似乎一切都是理所当然。于是，生命便重新开始，这一天总会到来的。这是一个流放的时代，枯燥的生命，麻木的灵魂，都在流放之列。要重新生活，就必须重新安排，就得忘记自己，甚至忘记自己的故土。"[1]

佟四一家的遭遇，不只是他们一家人的遭遇，而是很多人的遭遇。保家的仙客，只能保住人体的完全，却不能使我们内心安稳。通过外求万物而使内心安宁，必然会离安宁越来越远。

这样的道理，难道不是显而易见的吗？

1　引自《加缪全集·散文卷Ⅱ》，[法]阿尔贝·加缪著，杨荣甲、王殿忠、李玉民译，上海译文出版社，二〇一〇年一月。

犬奴

嘉庆时，岱岳黄村男子黄保国的妻子李氏成了犬奴。

当时的人们是这样传说的：

黄保国与李氏夜里睡觉，四更时，忽然感觉有重物趴在身上，随后爬到床的另外一边，重重地撞击他的腰。黄保国从梦中惊醒，还没弄明白怎么回事，就听近前两声犬吠，随后发出狼犬威胁人的声音。

黄保国以为是狼进了屋，慌忙下床，拿火石点燃了碟灯，借着如豆的灯光，发现居然是妻子李氏在叫。她四肢着地，趴在被褥上，脸朝向这边。虽然看不很清，但眼睛明显中邪了一般，恶狠狠地盯着黄保国。

黄保国呼唤妻子的小名，妻子也不答应。刚要再喊妻子的大名，李氏突然蹿到了地面，鼻息咻咻，一愣，疯狗一样咬了过来。速度很快，完全不是平时弱不禁风的样子。

黄保国抬腿躲闪，尽力擒住李氏。李氏发疯似的挣扎，力气比平时大十倍，竟不是黄保国能制住的。

他们夫妻恩爱，平日里如胶似漆，举案齐眉，邻里们都看在眼里。可李氏已经完全不认识人了，不仅抓挠黄保国，还猝然咬伤了他的小腿，丝毫不留情。黄保国不得已逃出门外，将门反锁，喊来了自己的父母。三人合力，才勉强将李氏控制住，重重缠绕，死死拴在了椅子上面。

被拴住后，李氏仍然狂吠不止，瘦弱的身躯带动着椅子一同跃起，离地一拃，又重重落下，椅子吱吱嘎嘎似乎要垮的样子。他们只好在椅子上又拴了两圈麻绳，在底部坠上重石，好让她无法乱蹿。

请乡里的郎中来看，郎中看了以后，也很害怕，不敢近前。认为此妇乃是中邪，不是普通医生能解决的，建议他们找个道士看看，便匆忙离开了。

第二天清早，事情已经传开，很多人都来围观，挡也挡不住。人们虽然是来看热闹的，但看过后也都露出恐惧忧凄的神色，都说李氏被狗附体了。

黄氏的族长黄其饶，与三清庙里的道士禹仙海认识，亲自请禹仙海来看。禹仙海来到黄保国家，转了一圈，就说家里有脏东西，要设法清除，向黄保国索要文钱十串。

黄保国贫困，外出借钱才凑了七串。

禹仙海照旧收下，领着两个小道士唱了半天，没有丝毫效果，反而惹得李氏更加疯狂。又出主意，让人在李氏耳后放鞭炮，说这样就可以吓跑狗的灵魂，留下人的灵魂。放了几炮，可还是没有用。

黄保国的堂弟黄保民是个庠生，时常背着行囊外出求学，很有见识。听说这件事后，从县学赶回家，从禹仙海那里先讨回了六串钱，还给哥哥。对哥哥说："我听说信巫不信医者，不治。嫂子自从中了邪以后，喧扰不宁，狂叫不止，一整天滴水未沾，如今虽然还在叫，但声音低微，看起来快不行了。我游学时结识过一位医生，刘守川，是刘文清公的堂侄，眼下在泰安行医。他虽然年轻，但医术很好，我这就去请他来看。"于是带了点钱，背着包裹和干粮去请人。

等了两天，刘守川果然来了。看过李氏的情况，写了一张药方就走了。

黄保国认为这个刘守川太年轻了，而且看病那么快，十分敷衍，不相信他懂什么医术。可又没别的办法，姑且煎药一试。

李氏被掰开嘴灌了药后，起初没什么反应，但渐渐就不叫了。过了一会儿，胸膈开始踊动，似乎有东西往上走，从口中吐出一滩黏痰，腥臭难闻。把围观者都熏跑了，吐罢，便昏昏睡去，醒来就知道饿了，向黄保国索要食物。

家人很欣喜，都说这下得救了。

只是李氏醒来后，根本不记得这几天发生的事。只说那夜做梦，梦见走在一条没有首尾、满是青草的路上，被一条飞奔的黄狗撞了腰。刚要骂，黄狗不见了。因为被撞得很疼，所以越想越气，伏下身去寻找黄狗的下落，非要捉住它打它一顿不可。于是目视鼻嗅，拨草寻隙，后来猛然发现自己竟在用四肢走路，感觉很奇怪。叫嚷着问这是怎么回事，一开始说出来的还是人话，很快连自己都听不懂了，才意识到叫嚷成了狗叫。

病好后，李氏起居如常。但是人们都知道她有过异样，怕被她咬，不敢和她有太深的交往，连妯娌也都默默疏远她，她因此抑郁寡欢。

黄保国没有办法阻止外人的言行，见李氏夜里偷着哭，就常常跟父母说想到外面做点生意。父母嫌丢人，索性同意他们到外面去。

人们说，有一天夜里，巡夜的团练赵培胜、魏学初，看见一男一女，一起从村口狗爬而出。觉得奇怪，叫他们，他们也不答应。等追上去，却不见了踪影。

那天以后，黄保国夫妻二人就消失了。传说两人都变成了狗，还有人说，三月初三的时候，望到他们在河边的小路上，被一条苍狗驱使，成了苍狗的奴仆。但那个人喜欢说大话，人们都不怎么相信他。

唉！我也是后来才知道人作犬样的事是经常发生的。

乾隆丙子年，松江枫泾镇的沈二，忽然自投床下，两手据地，犬吠数声而死。沈二经常吃狗肉，但李氏并没有吃过狗肉，也没有被狗咬过。平日里与人为善，也忽然作犬，不为世人所容。可见，不管是什么样的人，都可能突然间丧失做人的勇气。一旦变成了令人恐惧的怪物，恐怕很难再被人们接受了。

衣鱼怪

苏州有衣鱼怪，起初只是一种蠹食书籍，让纸笺化作白粉的小虫。时间久了，就渐渐变了模样，成为衣鱼怪：白发驼背，秃头蟹眼，形容消瘦，手指如同枯柴，牙齿如同夜叉，个头和三岁的小孩差不多。它们白天隐匿，夜里才会出来。

彭远山家中的藏书七万卷，有不少珍本甚至孤本，但真正读过的却很少。他对书籍十分爱惜，每天都要到书架观览一遍，看看是否有损坏。所有书籍概不外借，也不许别人登门浏览。

一天，彭远山照旧到书房巡视，发现"子部"架间，上百本书被胡乱地堆积在一摊白屑里，有的有一角，有的有半扇，有的只剩下半片书脊了，全都像被老鼠啃过一样。震惊之余，恼怒地责问家丁。家丁说是老鼠干的，然而书房中有猫，一直以来就没发生过鼠患。

于是命人守夜。当夜，守夜的家丁困倦难当，居然睡着了。第二天起来，又发现有几百本书被毁。彭远山听说后，愈发恼怒，重重地责罚了家丁，同管家张友钧亲自轮流看管。

到子初，彭远山昏蒙欲睡。忽然听到咯咯唧唧的声音，过了一会儿，就有人奶声奶气地说道："错字太多了。"

另有一声音稍粗的人，嘴巴似乎被食物塞满，含糊地回应："鱼鲁帝虎，抑或耳听之误?"

答曰："耳听。"

言语间，咯咯唧唧的声音没有停顿，间或有翻书和扔书的动静。

片刻后，奶声又说："好！好！好！"

问道："比焦弱侯的还好吗?"

回答说："远胜，远胜。"

粗声道："待你嚼完了，我再嚼一遍可好?"

奶声答曰："甚好。"

声音清晰可辨。

彭远山听到后，以为有偷书贼，可没有看见有其他光源。秉烛起身，循声走去。他和张友钧的脚步声似乎惊动了贼人，咯咯唧唧的声音戛然而止，二人屏住呼吸，等了好一会儿，也没再听到任何响动。

彭远山吹灭蜡烛，对张友钧说："听错了。"假装离开，实际上并没有走。过了一会儿，果然又有了声音。

只听奶声嘿嘿道："需谢彭大人远山！买书不读书，摆上书架，就算饱读了。搁置许久，竟还是新的。墨重浆香，令我大快朵颐！"

粗声只顾嘿嘿笑。

片刻后，奶声又问："曾忆同在钟氏楼，翻出烂诗十九卷不？"

粗声起初不应，俄而豁然道："中心藏之，何日忘之？！"

言罢，竟发出一阵怪笑，像放屁一样，非常奇怪。

彭、张二人摸黑而来，终于锁定了声源。张友钧精明强干，一步跨过去，摁住了其中一个。

彭远山立即燃绒点烛，看见张友钧的身下，竟是夜叉一般的怪物。旁边还有一个同样的怪物，它们见到光后，满脸惊讶。即便惊讶，嘴里还叼着蓝皮白纸的古籍，目光呆呆的，胯下已然是一堆齑粉。

张友钧意欲砍杀它们，吓得怪物叩拜求饶。那个貌似长者的粗声自叙："宗师见谅！我们本是衣鱼虫，因为啃噬经典太多，就变成了怪。毁坏了彭公的好书，罪当受戮。可实在无法抵挡书香的诱惑，不食书，则肠鸣如鼓，口中寡淡，食书，又伤害了彭公的存储。两害相权，只好继续为恶了。既然彭公的宝书已经被我们毁掉，愿意献出我们的诚意。"

双双趴在地上，幼者腹部鼓动，肠鸣如走水一般，继而胸喉涌动，吐出来一堆粉末。粉末越积越多，在烛光的照耀下，焕发出金鳞的光彩。凑近了看，才瞧出是金粉，用牙验货，竟是真金。

衣鱼怪还在喷吐且不停，前面堆积多了，就撅着屁股往后退，沿着夹道，吐出了三座金丘，架间，甚至书架底部的空隙都被填满了。

彭远山知道这是怪物献金，大喜道："难道这就是读书的真意吗？"

话音刚落，衣鱼怪昂首打了个喷嚏，金粉洋溢，潲潲洒洒。忽有美人四名，蚺蛇一般，迤迤然从长者胸中钻出。曳裙露胫，丰乳肥臀，由金丘后面爬到书架上，面若桃花，齿若白玉，姿态妖娆，望着彭、张二人笑笑。

其中一个穿着金缕衣，光着腿脚的女子来到了张友钧身边，素手纤细，妖媚多姿。张友钧起初还有些抗拒，很快喘息粗重，神智迷乱，索性将美人抱至别处。美人从书架上的书本中变出琼浆玉液，继而口送好酒。美目樱唇，莺莺恰恰，甘甜细软，神魂欲断。浪语淫声，百般难述。

彭远山也被美人环绕了，心里知道有鬼，又无法抗拒。他是戴方巾的，素来厌恶娼妓，喝退了那些女人。转眼间，眼前又呈现一位素衣女子，温婉大方，弱而不媚，柔而不妖，神似昔日宴会上偶然瞥见的同知夫人刘氏。一时间，恍惚在真境界，便向着女子遮面长揖，女子道了个万福，牵引着彭远山去了另外一边。自子至寅，鏖战方歇。彭远山疲敝至极，一觉睡到了天亮。

醒来后，依旧被美人从后面抱着。抬头看，衣鱼怪已经消失，书架间的金粉变成了纸屑。突然觉得谷道痛不可忍，以手扪摸，黏血沾指。扭身再看，竟不是美人，而是张友钧。赤身裸体，眠睡正酣，阳物半软，其色暗红。

彭远山羞愤难当，趁着张友钧没醒，赶紧找衣服穿上，匆匆离开了书房。

从那以后，没人再见过张友钧。

道士冯占桥，时常在彭远山家做客。知道了衣鱼怪的事情，就猜测出了其中的原委，对彭远山说："流水不腐，户枢不蠹，以其劳动而不息也。衣鱼怪贪好书纸，你藏书而不读，亦不许别人借读抄印，所以它们才会找上门来。"

于是作法持咒，设置陷阱，要抓住衣鱼怪，为主人报仇。不料衣鱼怪读书实在太多，经史子集，无所不包，天文地理，兼容并蓄，居然懂得破解法术的门道。冯占桥反被羞辱，本来在书房捉怪，结果如同走进了迷宫，一怒之下要破窗而出，却被自己作法所用的麻袋套住，在里面挣扎，遭到十余名家丁猛烈的殴打。虽然衣鱼怪不怕彭远山，但从那以后，也没再在他的藏书楼出现过。

半年后，彭远山的女儿同乳娘在书房玩闹，蜡烛不慎落入废纸中，废纸引燃了书架，顷刻间成了大火。等人们听到呼救时，火已串烧全楼，烈焰滔天，扑救不及，书与楼俱为灰烬。

虫知县

金乡王长恭，乾隆癸卯科中举后，一直居家待选，等了好多年都没有等到职位，参加会试又没有结果，不免抑郁寡欢，心生怨望，以为自己的抱负可能永远无法实现。

一天下午，他依旧躺在床上犯愁，忽然听见屋里有人喊"青天，青天"，嗡嗡数声，低微而又真切。

王长恭环视四周，房内和门口并没有人，唯独床头案上的油灯下有点古怪。只见一只黑白相间的花蚊趴在案上，朝他做出磕头的样子，唇喙随着躯体活动，同台面一离一合，一副诚惶诚恐的模样。每三次，就发出"青天，青天"的叫声，似蚊飞，却如人喉所出。

王长恭以为是小孩子在捉弄他，起顾床底，走出门外，都没有发现蹊跷所在。回来又看了一眼蚊子，蚊子却伏拜不动，便以为刚才是幻听，于是又躺到了床上。此时，却有另外一个苍老的声音说："仁公切莫再睡了，案子还未结呢！"

王长恭，字逊之，自号仁峰。这个"仁峰"的号是刚刚取的，除了几位朋友外没有别人知道。

他愈发疑惑，又折身看那蚊子，发现蚊子周围竟还有别的东西：数只黑蚁分列两侧，大如麦粒，后足着地，前爪均持着一根鬼针草，同二足鼎立。姿态非常威武，犹如衙门的皂隶一般。只是因为体色同案台的漆色一样，所以不太好分辨。

左侧的黑蚁前面，有一只墨绿色的小蝇呆呆地趴着，前足攒着一颗小米大的灰球，如同玲珑球，不知道是做什么用的。右侧黑蚁的前方，则是一只近乎透明的蠓虫，触须微白，羽衣比身子都要大，拖在台面上。前腿恭敬地朝他作揖，站在距离他最近的地方，和衙门里的师爷一样。

王长恭大吃一惊，惶惑间，那个苍老的声音又出现了："审完再睡吧！"与此同时，眼前的蠓虫挥振羽衣，体态微倾，竟是它在说话。

王长恭虽然有些害怕，却也想看看到底是怎么一回事。便学着县太爷的口气问："堂下何人，有何冤情？"

话音刚落，那只花蚊竟真的叩首自述，声音如同蒙在鼓里，大概就和人伏拜时，脸贴着地面声音会变得低沉一个道理吧!

它自述姓文，家住萍水乡文清池。因为出身卑贱，所以并没有名字，大家都管它叫文三。所述的案件提要如下:

前日，文三有事外出，后庄的黑蚊黑齿博德去它家收账，在院中乱喊。文三的妻子在里屋回应，说家里的男丁出去了。黑齿博德假装不信，非要进屋。见文三之妻样貌姣美，本来就有歹念，于是强行施暴。蜷尾压迫，肆意媾合，拍拍数次，得逞后扬长而去。

回家的路上，文三恰好碰见黑齿博德，黑齿博德还跟它说刚去它家收完账。文三非常疑惑，因为家里已经没钱了。回到家中，见妻子啜泣，再三诘问，才知道发生了这样的事。

文三怒气填胸，追去黑齿家算账。黑齿博德反而比它还愤怒，命家仆花庚戌、花丙龙、花宝盛将文三打伤，还卸掉了它两条后腿和左侧的翅膀。文三爬着回家，天已大黑，妻子早已投水自尽，唯留尸体而已。

王长恭听完后，仔细观察了花蚊的左翅和后腿，确实都没有了。又问询了几句紧要的话，令文三一一作答。

双方有什么对话，旁边墨绿的小蝇便搓动手中的灰米，显然是在用某种方法记录案情。

王长恭令人捉拿黑齿博德。

命令刚下，从油灯下盘的破洞里爬出七八只蚂蚁，细腰长身，头腹饱满，獠牙可怖。又有形同小蟹的蜘蛛五只从梁上坠下，屁股上挂着白软纤细的丝线，在空中排成一排，准确地飞落在案上。一只壮硕的蜘蛛拨弄身上的刚毛，发出哒哒的声音，靠声音在台上整队，号令严明。与此同时，十多只虫子列成四排方阵，肃肃威仪，森然有序，一看就是训练过的。

整完队，领头蛛交代了几句，随后带领这班衙役朝门口飞去，转瞬间就消失不见了。

王长恭才知道原来那些蚂蚁也是带翅膀的，同蠓虫及花蚊问了一会儿话，蠓虫师爷忽然望着门口说："它们回来了！"只一息，飞虫就列着方阵进了门。两只蜘蛛押着一只被蛛丝缠绕的黑蚊，不客气地扔在台上，滚了几圈。当头的蜘蛛为黑蚊解开丝绳，只留三匝，依旧锁着黑蚊的翅膀。

黑蚊见了王长恭，知道是县太爷，立即口称冤枉。

忽闻一皂隶作声如惊堂木，吓得乱叫的黑蚊闭了嘴，俯首跪拜，不敢仰视。

这只黑蚊就是黑齿博德。

黑齿博德摆出一副卑微驯从、没见过世面的样子，说话却十分油滑，擅长文过饰非，对所有的指控概不承认。声言一切都是文三诬告，所述过程也与文三完全不同：

　　文三家贫，欠钱不还，故而出卖自己的妻子。它见文三夫妻恩爱可怜，便允许文三之妻再多在家停留两天。孰料过了一个多月，文妻都不去黑齿家报到。黑齿博德才去要人，责问文三为什么不遵守约定。纵便如此，也没有交媾的情状。文妻已成为黑齿家的奴婢，却不履约，等黑齿亲自去要人，依旧不想履约，选择自杀身亡。

　　言辞凿凿，冤声啧啧，说到动情处，搔首抹泪。听得王长恭也有些动容，觉得案情难测，一定有所隐瞒，于是又让快手叫来文三的邻居，问它们黑齿博德是否去了文三家里，文三之妻是否呼喊求救。

　　邻居们有的说没有注意，有的说见到过黑齿博德，但没有听见过呼救。它们模样畏缩，言语謇涩，被追问时，含混应答，似乎全都有难言之隐。

　　此时，王长恭的耳边有声音道："仵作已完成勘验。"原来是蠓虫师爷飞到了他的耳道里秘密汇报，以免被别人听到。

　　于是命仵作出示伤单，禀明伤情。从床席的高粱秆中飞出来一只红头甲虫，只有绿豆大小，到王长恭面前就停住了。腹尾抿动，从屁股后面喷出一股明亮的烟雾，那烟雾转合成字，还有图画，乃是伤单明细。说文三的妻子确实有被扭打损折的痕迹，亦有尾部撕裂、呛水之象，查验腹部，已经受孕。

王长恭大怒，喝令文家邻居有话直说，不要含混不清，也不要有所顾虑。如有隐瞒诬辩、明知不说的情形，定打不饶。先把黑齿博德扔到外面去，衙役也都出去，让它们单独回话。又从它们慌乱的应答中发现了诸多蹊跷，于是穷问不舍。

有个邻居素来与文三交好，承认道："文三的妻子确实喊过救命。我与三四人听到喧哗，出门去看，才知道文三家里有事，见到黑齿博德从文家出来，头角凌乱，而后文三追逐而去，才知道是文三家的被欺负了。婆姨们都去劝慰，哪里知道它后来还是想不开了呢？"

王长恭又提来劝慰文妻的妇女，大家描述的都很一致。于是揪回黑齿博德，单独诘问。黑齿博德依旧狡辩，托出一粒很小的黑子，说是文三卖妻的契约。王长恭请文书念，小蝇文书接过黑子，转了几圈，发现确实是文三卖妻的书契。

王长恭又提文三问话，文三却根本不知道卖妻的事。于是直接拿来签字见证的中人，竟都是黑齿家的门客。原来它们做局欺骗文三，说让他在减息条上画押，实际上面却是典妻文样。而此前的借约中，亦有欺诈事项。譬如文三还款后拿到的收条，竟被它们写成是"今收文三捐款三万"。凡此种种，恶贯满盈。

于是，以强奸已成致良妇羞愤自杀之罪，判黑齿博德斩监候。

是日，又查出它的其他罪状，改为斩立决。

有黑蚊奉黑齿家的命令，抱着黄蜜往王长恭的床上送，想让王长恭法外开恩，被王长恭喝退。处理完案件后，王长恭昏昏睡去，直至被家人喊去吃晚饭才醒来，却发现案台上十分干净，并没有之前的异样。

王长恭怅然若失，本来还想着深究黑齿家族，没想到竟是大梦一场。

可等到第二天下午，虫子们又聚集到了这个地方。依次站定，桌子又成了大堂，正有新的案子等待审判。

虫子们议论，黑齿之所以猖狂，乃是事出有因。黑齿博德的曾祖，是世祖时的吏部尚书黑齿丘，人称黑丘。黑齿吏部有三个儿子：长子黑齿介之，为濛州知府；次子黑齿存之，为鸿胪寺卿；三子黑齿训之，最为不肖，科举无名，家里给它买了个举人，很快当上了汶源知县，主宰一方事务。

这个黑齿博德，就是黑齿训之的小孙子。萍水、风门两个乡几乎所有土地，都是它家的。此前，虫子们只能通过租赁豪猾的地方采蜜繁衍。文三贫乏，只能舔舐余秒，连住的地方都不是自己的，交完费用后连温饱都不能保证，就不要提盈余了。它们勉强养活自己，不敢生育子女。

王长恭探明细情后，抑豪强，摧兼并。令黑齿家吐出万斤甜蜜，散播于诸虫。革除四族垄断，打击豪猾，揭发它们的丑事和为恶的证据，竟牵连千余窝。

于是兆民欢踊，赞扬王长恭的美德。

王长恭还开放大堂，允许旁听。每天来听审的虫子都能遮蔽床前，宛如云雾。阖境虫类都震慑于他的明察，以前为恶的，也不敢为恶了。虫子们都说王长恭就如同人间的包拯、海瑞，有虫子为他在院子里筑造了一个茶碗大小倒覆的土丘，上面放满了从各处采来的小花，呼为"生祠"，虫子们都在清晨朝拜。

王长恭很高兴，但还是把自己的生祠拆了，不许虫子们再兴这种无用的土木，以免耗费物力。他也不再因为不得志的事难过了，气色同以前大不一样。家里人见他这样，都很高兴。唯有蠓虫师爷忧心忡忡，偶尔感叹："恐怕没那么简单。"

一天，王长恭正在吃饭，大腿忽然被针扎了一下，随即瘙痒难忍，搔抓也不能停止，越来越痒，越来越疼。两日以后，竟然溃烂成了铜钱大小的黄脓，后又发展为串珠疮，连及半条大腿，渐渐蔓延全身，模样十分恐怖。百般求治，没有一点疗效。以为脓疮溃烂以后就好了，结果从新肉上又长出疮疥，滋滋不绝，苦不堪言。

　　蠓虫师爷很伤心地说，这可能是毒红蚁干的。毒红蚁的个头十分小，和蜘蛛丝一样细，而且擅长躲避，不仔细看根本看不见。又有剧毒，性情贪婪狠戾，很多都充当了黑齿家的打手。仁公摧抑恶霸，澄清县境，得罪了所有豪强。百姓呼你是青天，豪强子弟恨你恨得咬牙切齿，喊你"王蠹"。列出你九条罪状，要除你而后快。我让人留意这种火蚂蚁，但它们神出鬼没，实在是防不胜防。如今仁公遭了殃，毒气弥漫全身，恐怕是没有救了，只能试着减少痛苦。更需提防毒虫伤害你的家人，不能让它们为所欲为啊！

　　说罢，竟呜呜地哭了起来。

　　出于家人安全的考虑，身体又一日不如一日，王长恭宣布不再当虫类的知县，家人的性命得以保全，他的疮却已蔓延到了头面。其后数日，豪猾又起，很快夺去平民的产业，继而竞相吞并。留下几大家族，黑齿、万俟、第

七、巫马。为恶却美饰其行，有号手负责为他们鼓吹，有一嘉行，则群起称善，有一恶行，则极力遮掩。小虫苦于佃作，全无期望，都愤恨豪猾和毒红蚁的所作所为，怀念王青天的美德。

八月十五日那天，王长恭死了。直到死亡，也没有等来朝廷的授职。

家人因为他的死非常伤心，白衣送葬，在荒野中尤为凄凉。

快到陵地的时候，天边忽然出现黑压压一片云，状如草履，另一端广阔无涯，从南边的山头，横亘至王长恭所在的村子。看发丧的人本来都要走了，望见黑云，全都驻足停留，争相指点。孩童大呼，大人讶异，还以为是蝗虫来了。

过了一会儿，云移动到了近前，才知道并非蝗虫，也不是一类一种。蚊蝇蠓蚋，千百不同。它们飞到荒野之上，围绕着王长恭的棺材，形成了一条长长的甬道，遮天蔽日，中有萤火虫数万只，将昏暗的甬道点亮。抬棺的人也十分震惊，丧礼却没有因此停下。

到下葬时，这些虫子集结在坟穴上方，好似精美的华盖，直抵云霄。人们都说只有最高贵的人，才有享受它的资格。

忽天空共声唱道："君来太晚，使我无饭；君去太早，使我含冤！得君之故，阖家欢宴；不得君顾，生趣何谈！"又齐呼"青天，青天"，百里同步，连绵不绝，竟撼得地动山摇。有虫冲落在坟旁而死，紧接着，诸虫纷然自投，一时间，虫尸堆叠如山。凄凉满野，人虫同愤，哭声震天，围观的人也都落下了眼泪。

后来，人们用泥土盖上了王长恭坟旁的虫堆，立墓碑记下了当时的场景。因为两个坟墓特别显眼，远近的人都管这个地方叫双坟。

唉，虫类有情，人也是一样的啊。王长恭为虫子做父母官，没有因为虫子命贱而放弃它们，也没有因为它们春生秋死，生命苦短，而忽视他们的诉求。他没有朝廷给的功勋，虫子在当日的所作所为，就是对他最好的褒扬。

人们通常认为帮助蚊虫是蠢材干的事，可是为官一任，保境安民，公正廉明，就已经当得起高尚二字了。至于起虫变，杀豪滑，都是因为人们心中有了公正的观念。豆先生说："不能因人情而枉法，也不能因法律而枉情。"不因为人情就刻意偏向弱小，破坏法律的公正；也不打着守法的旗号，帮助豪猾欺压良善。说的就是王长恭这种人吧！

响马盗

明朝正德年间，历下有个少女，名叫妙音，颇精文墨，平日里喜欢阅读志怪传奇。读到《离魂记》，感慨倩娘的痴情，又对张镒的所作所为感到愤慨。读到《西湖三塔记》，敬佩卯奴的衷情，鄙夷白娘娘的心肝。

妙音的诗文被父亲传出闺阁，整个城邑的文人都在传抄。然而家门重礼法，不许她出门，至多可以在后花园散步，偶然碰见熟客，也要避着走。避无可避，需要以袖遮面。

这让妙音十分困惑，可是父亲和书本上都是这么教的，只好照做。

一日，妙音刺绣太累，偷懒看一本画着小人的图书，讲的是柳生舍命救林娘，林娘却消失了的故事。正看着，书里那个名叫柳小龙的儒生，竟冲她眨了眨眼。起初以为是幻觉，注目审视，那柳生竟从画本中腾身出来，犹如树叶被风托起，飘忽到了外面，随即鼓胀成了半掌大的小人。再看书页上，人物已经消失，只留下空荡荡的明湖烟柳。

小人站在画本之上，细看之下，美眉明目，广袖襕衫，向妙音徐徐作揖。作揖毕，向妙音介绍道："你好！我是来自未来之国的学生柳小龙。因为歆羡妙音姑娘的才学，感受到了你内心的呼唤，所以冒昧前来。此次到访，确实唐突，还望妙音妹妹饶恕。"

妙音被吓得毛骨悚然，慌忙站起身来退却，好一会儿才想起以袖遮面。可镇定下来后，就又责怪起自己：画中人前来拜会，不正是我日日期盼的吗？日日期盼的事情终于发生了，怎么又做起叶公了呢？况且此处是我闺房，所谓"君子慎独"，该遮面的是他吧？

想到这些，便夷然自若地用袖口遮住了柳生的视线，而不是自己的脸面。问柳生所谓的未来之国是什么国，他又是怎么过来的。

柳生态度恭敬随和，有问必答，极言未来之国的昌盛。乃是五百年后的本地，并非别的什么国家。其国楼高百丈，灯火如昼，城市之中，男不耕，女不织，出入都由"汽车"代劳，一个时辰就可以走三百里。如果还想更快，就有一种长得如同白龙一样的车马，长数十丈，一个时辰就可以走一千多里，却不必用骡马拉动。那里的男女不总是刻意躲让，七岁以后也可以在教室内并坐。婚姻一般在二三十岁，竟可不必全遵父母之命。未成婚的男女，可以堂而皇之地做恋人，在街巷牵手，并没有人叱骂阻挠，也不会有人说他们无耻荒唐。女学生和男学生一样，都叫学生，不再称"童生""相公"。所谓学士，是大学毕业的学生。所谓硕士，成果丰硕之士，需要研究生毕业。所谓博士，是研究生最高一级的学位。无论哪种，都不可与生员、举人、大学士相提并论。

妙音越听越好奇，与柳生一问一答，听到入迷处，慢慢就放下了衣袖，坐在椅子上，托着脸蛋，趴在桌上，看柳生手舞足蹈地讲解。听到柳生说女子可以露腿的时候，简直难以接受，生气地让柳生不要胡说八道。

正要追问柳生前来的方法，柳生却忽然有点着急，仿佛有什么急事，对着站出的画页说了几句话，妙音完全没有听懂他在说什么。接着，他满怀歉意地对妙音作了个长揖，说了两句告别的话，像跳水一样，往画中一跳，顷刻间画本就恢复了原来的样子。柳生又回到了里面，纹丝不动，再呼唤也没有回应。

柳生走后，妙音常常想念他，也暗自向往未来之国的高楼大厦，歆羡未来之国的风俗娱乐，想要化作未来之国的少女，在街巷上随意地走动，看看世界，而不是囚禁在这无趣恼人的闺阁里。

她七岁以后极少见到外男，从未和外男说过一句话。柳生眉目清秀，口齿清晰，态度从容，对人尊重，她就又苦恼地陷入对柳生的爱慕。回想柳生的模样，端正纯洁，没有烟火之气，彬彬有礼而行止不迂，真是温润如玉的君子。

可自从他走后，都没有任何消息。妙音的生活只能恢复到以前百无聊赖的状况。

她反复翻看画册，把自己想象成柳生挚爱的林娘，想象与柳生的故事。脸蛋因为相思变得浅红，如同醉了酒一般，汗珠浸湿了鬓角的胭脂。苦等他不来，因此害了相思病。闺房里有什么动静，都要慌忙梳理头发，觉得是柳生来了。转眸顾盼，却都没有那人的踪影，每天都很失望。

倏忽两月，柳生突然又出现了。

妙音激动得说话都有些磕绊，无法掩饰自己的思念，同柳生诉说了内心的想法。柳生也很高兴，说也很想她。又问妙音家里的情况，以及妙音所在之世的风土人情。还为妙音带来了一颗可以闪闪发光的珠子，只要放在手中一摇晃，就会在刹那间迸发出五彩光芒。又送给妙音一枚戒指，说这是未来之国的定情信物，嘱托妙音戴在手上，一定要保管好，千万不要丢掉。

柳生带这些东西来，已然十分费力，他还曾答应给妙音带一支五彩的笔，此番也带来了，有蓝、橘、红、紫、黑五种颜色，想用哪种颜色写字都可以。

妙音立即高兴地用这支笔写字，连连称奇。柳生说妙音握笔姿势不对，传授了正确的姿态。妙音没有用这种姿势写过字，但头一个写出的"柳"字，就已十分俊秀。柳生看了，赞叹不已。

又说："上次回未来之国，其实是被人叫走了。回去以后，一直忙于公司的工作，无暇抽身，但实在是想念妙音啊。思来想去，都觉得没什么可以送给你的，故而只将常伴我身的东西送你。它们曾经陪伴我，现在就让它们陪伴你吧！"妙音也将这些日子绣的女红送给了柳生。一张浅玉色的手帕上，绣着两只蓝色的蝴蝶，在牡丹丛中追逐起舞，栩栩如生。

他们一个趴在桌上，一个盘坐在书上，从清晨一直谈天到夜晚。除去吃饭的时间，都在窃窃私语。一夜之间，剪了数次烛花，眼皮打架，也不肯休息。灯影阑珊，映照小大二人，不知不觉间，天已经拂晓了。外面的雄鸡唱了三遍，催得妙音悲从中来："柳生自是风流，奈何我不能和你一样，来去自如，只能被关在这闺房之中，禁锢足步，几十年人生苦长。听父母之命，媒妁之言，嫁给个不认识的男人，再去别人家服侍别人的父母。不能和柳生长相厮守，一起去未来之国看看，况且你还这么小，想要拥抱一下都是奢望。"

柳生听罢，笑着让妙音后退，在桌上转了三圈，谈笑间，就从半掌大的小人，变成了身长七尺的男儿。

妙音看站在桌上的柳生，既惊又喜，责怪他为什么不早点变成这样。柳生说这可不得了，如果被人发现，他能逃脱，妙音却要惨了。柳生体段风流，眉目含情，先前的装扮已经不在，穿在身上的，是从来没见过的奇怪样式的衣物，应当也是来自未来之国。

柳生从桌上跳下，将妙音揽入怀中，涌出热泪。惹得妙音也涌出热泪，哭着道："你虽变成了和我同样的人，可是你在未来之国，我在当今之世，不能长相厮守，想起来还是让人伤心啊！"

柳生默不作声，只是流泪，也并不知道说什么好，便请妙音允许他再回去拿点东西，耐心等待他的音讯，一定会给妙音一个交代，说完又走了。妙音再度陷入了等待，等到第二日也不曾睡下，日夜煎熬，苦等着柳生再次前来。

过了几日，柳生果真又来了。

此次前来，直接由小变大，手里提着几个盒子，里面放着金饼、银两。有几个透明如水的圆形罩，罩子里装的是小鱼，只有蚂蚁大小，摇着尾巴，在完全封闭的琉璃中来回游动，不知道是怎样做到的。又有一白色茶壶大小的方块，中间是牛眼一般的圈。说是相机，可以拍摄任何想拍摄的场面。拍出来的图像，和现实中的一模一样，这样就可以让人在某个时刻，永远定格了。

妙音与柳生坐在一起，搭背勾肩，拍了一张情侣照。相机当即吐出两张一样的照片，果然如柳生所说，完全就是两个人刚才的模样。柳生自己留一张，给妙音一张，说："你要永远记得我啊！"

问柳生带那么多东西是做什么，柳生笑着说："父母之命，媒妁之言。周公之礼，聘定之物。"

妙音羞得用袖子遮住了脸，不敢说话。

于是柳生又换了带来的古装，提了礼品，从袖中拿出一个小罐子，吹出一个气球，嘴里念念有词，居然又变小了，抓着气球，悬浮在了空中。请妙音到后花园把气球打到墙外去。柳生到了墙外，孤零零地飘远了，找了个没人的地方落下去。又回到街上，托人找了个媒婆，送给媒婆一件稍加扭动就可以发光照路的稀世珍奇。媒婆没见过这东西，请人鉴定，鉴定者居然想要骗走此物，被媒婆识破。媒婆就知道此物相当珍贵，得了这种珍奇宝贝，满口答应着要帮柳生到程公楚家里说媒。

　　程公就是妙音的父亲，弘治乙丑科的举人，沉敏笃学，但性格十分高傲，素来瞧不起身份比自己低的人。生养了这样一个女儿，表面上不愿意攀龙附凤，却对门楣低的人家没有好气。那媒婆来得突然，被妙音的母亲羞辱了一番，只好退去。

　　柳生迟迟没有等到媒婆的答复，便提着大礼，亲自前往程公家提亲。程公本来想要驱逐柳生，可看到那些奇珍异宝之后，以为柳生肯定是哪里的名门子弟，决定先问个究竟。然而柳生的回答让他摸不着头脑，等柳生走后，就让人拿着金银去钱庄查验。

　　钱庄的人起初还觉得这些金银都是真的，但细细观察后发现，金银的质地、外貌虽然和真的一样，可是却没有气孔，由此断定是假的。倒是那些稀奇古怪的小礼品，的确是精美无双，世间少有，没有任何一个工匠可以造出来，如果能卖出去，肯定能赚取所送金银的十倍都不止。

　　程公不听匠人分说，得知金银是假的，就命人将礼物毁坏，放声骂道："早看出那狂生不是什么好东西，使用的只不过是江湖惯骗的奇技淫巧罢了，有什么可稀奇的！再说哪里有自己给自己提亲的？"

到了夜里，柳生翻墙进入妙音的房间，却不见了妙音的踪影。

原来，妙音听中门的苍头同人说起有一个儒生自己给自己提亲，报的家门查无此人，还拿假钱招摇撞骗，就知道父亲已经拒绝了柳生的请求，砸毁了柳生的礼品。等到日暮，还不见柳生潜来，自己就去请见父母，直言与柳生的所作所为，情意已坚，此生不二。想着父亲那么重视名誉，肯定怕家丑外扬，不得不答应她和柳生的婚事。

谁想还没把话说完，家长就都震怒了，抬高了声调，大骂妙音，声言已将她许配给了京城东阁大学士杨廷和的弟弟杨廷平。杨廷平新考上举人，又有个身为帝王之师的兄长，家风纯正，愿意与程家联姻，是程家几世修来的福分，必须好好珍惜。

妙音并不认识杨廷平，却听说过杨廷和，他们的家庭确实不错，可心全在柳生身上，对父母找的这门婚事执意不肯，以死相逼。程公行事独断，容不得妙音说话。称柳生来时，谎报家门，携带假钱，此心不诚，已将柳生骂出原形。那狂生眼见奸计不成，当堂撒泼大闹，他已派家丁打断了他的腿，送去了官府。与县令协商，治柳生昧良敲诈之罪，关索髡流之刑。此贼私铸银钱，狂悖无伦，辱骂县令，还想与县尉互殴，杖打之下，已经毙命。

妙音知道父亲是能做出这种事的，回到闺房，悲痛欲绝，从筐中拿一把剪刀，自裁而死。恍惚间，脑海中盘桓起那不必遵从父母之命、媒妁之言的未来之国的景象，想着如果能与柳生在那里结好，也就不必连自己的婚姻大事都由别人决定。可惜今生今世已经不可能了，只好等待来生。来生若可以生在柳生所在的世界，便是不顾一切也要与他厮守，永不分离。

正欲昏死，身体就碎成了无数金黄色的影子，犹如蝴蝶一般，翩翩飞向正打开的画册。那一页画册上，忽然出现了一个回眸的女子，与柳生隔河相望，而妙音已经不知去处。

程公谎称已经把柳生打死，实则没有，柳生见没有回音，担心妙音，夜里依然偷偷来到闺阁，看到了妙音床上遗留的剪刀，又看见了桌上的画册，就知道妙音已经不在了。

必然向死而生，到了未来之国，在历下高楼耸立、霓虹如龙的街上迷失了方向。柳生很着急地唱诵咒语，很快在闺阁消失，跟着来到了妙音落脚的地方。

沧海桑田，小巷成街，深夜几乎无人的地方，变得车水马龙。河流之上，有一座桥，两人就在桥上见了，如在梦境一般。妙音仓皇无措，已有两刻，不敢乱走，见柳生来了，一下投入了他的怀抱。

未来之国对妙音来说，实在是太过超前。她紧紧跟随柳生来到柳生的住处，柳生教她熟悉各种物品的名称和操作。虽然出了许多让人啼笑皆非的事，但妙音颇为聪慧，凡看过的、记过的，都能很快掌握。

妙音不用再做女红，而好学不倦，不停问这问那，柳生也很耐心，一一为她解答。不数日，就学会了识别简体字，又可以用键盘打字，一分钟超过两百个。一月有余，已经可以下载论文，用手机订票了。柳生从小到大的教材及读过的书，妙音也都在看。数月以后，智识更进，算力惊人，把柳生吓了一跳，以为妙音如果生在当世，哪里都会有她的容身之处。

在未来之国，妙音只有柳生一个朋友，柳生的通讯录中则有数百人。

柳生的工作很忙，时常要加班。妙音得了自由，却也不太愿意出门，正如往年在闺阁中一样。只有柳生休息的时候，她才愿意跟着出去，坐 1 路车，倚着窗户，看外面的风景从教堂变成医院。

然而心中的疑惑却一天重似一天。

柳生为何可以来去自如？当今之男子，无父无母者，难道就没有叔伯或兄长吗？没有的话，就可以不操办婚礼了吗？应允终身为伴，就相当于夫妻了吗？检索中的回答"父母不同意的干脆不办婚礼也行"确实是可以的吗？柳生是如何选中我的？又是如何找到我的呢？

一日，妙音玩柳生的电脑。误操作下，调出来一个加密文档，上面写着"拉人名单——妙音以下"。妙音非常困惑，暴力破解无效，就用和自己有关的生日数字和拼音缩写，终于破解了密码。

原来柳生面见的姑娘不止一个，除去妙音，还有几十名女子。这些女子分布在宋、元、明、清四代，都是十四到二十四岁之间的姑娘。看得妙音头皮发麻，不知道柳生究竟是怎样一个人，到底意欲何为，也不知道这个名单是做什么的。索性等柳生回来，拿着名单质问。

柳生知道事情已经瞒不住了，不得已说出了实情：

燕京西北有个龙兴寺，寺里有个得道高僧，懂得穿越之法。找到古人曾使用过的物件，便能通过物件或诗文、画册连通到过去。只是需要很高的悟性，能够学会的，一百个里面也难找到一个。高僧有个名叫真乙的徒弟，从小习得此术，靠这个技术广收门徒而发家。

学徒中有个浮浪子，名叫吴辛，突发奇想，跟师父倡议说，希望可以从古代择取良媛，掳来作妻。真乙认为不可，说还是要遴选不幸之人，救来成婚，则可救人、婚配两欢喜也。

妙音问：什么是"不幸之人"呢？

柳生面色有些难堪，似乎不想回答，然而顿了顿，还是说道：于古籍中记载，惨遭暴虐而死的闺女，罹乱横死的少女，毕生守寡与世绝交的女子，未婚即婴疾暴死的女孩。

妙音道：我是其中之一吗？

柳生道：是的。

妙音问：我是怎么死的呢？又是什么时候死的？

柳生道：是罹乱而死的，遭了响马盗的掳掠。响马盗抢光了程公的家产，又将程家满门屠戮，你因不从，所以……

妙音错愕道：竟是这样……转念又问：那为何不连我的家人一块解救呢？

柳生解释道：不可以！就算是解救出来的女子，也最好禁足室内，这是因为他们害怕一个来自过去的人从过去消失，抵达现代，会对时代产生不可捉摸的影响。一个尚且不许，更不要提解救一家人了。像你这般不出闺阁的女子好说，可程公是历下的名人，如果扰乱了他的时间线，一定会影响到历史，后果不堪设想。不影响历史，这是师父们定下的规矩，绝对不能违背。

妙音道：你掳我来此，是要我做伴侣伺候你，却并不想娶我的意思吗？我愿意跟你来，如果不愿意跟你来，你又会如何应对呢？

柳生说：不是的。我绝不会违背你的意思，如果你不愿意来，我也不会强行掳你。可你在那边，也唯有等死罢了。名单中的其他人，是我的师兄弟所掳之女。但是他们之中有不少人假借救人，实则做着非法的事情。多半是不声言，就直接掳来，关在庙后的别院里，和强抢民女没有什么区别。抢了行将死去的人来嫖宿，还以为是解救，以为是做了功德无量的好事。他们为了满足自己的私欲，借稀有的能力作奸犯科，我跟他们不和，特意记录下来，就是想着让他们得到惩罚。因为不想和他们一样，这才冒着扰乱时间线的危险，征求程公对我们婚姻的认可。然而程公根本就不同意，我就想与你私奔。想在私奔以后，再慢慢告诉你真相。这些日子以来，我也一直为有事瞒你感到忧虑。

妙音问：我自裁后就到了这边，是为什么呢？

柳生道：我送你的戒指，是高僧唱诵过咒语的护身符。当戴着它的人遭遇危险时，就能带人远离危险。

妙音道：我知道了。那么，请柳生送我回去吧！

柳生着急道：你又为何一定要回去呢？

妙音道：我惦念我的家人，他们即将遭遇凶险的事，我想回去救他们。

柳生默然良久，最后说：好吧，但恐怕程公不会听你的。

妙音也沉默许久，说：我还是决定回去。

柳生道：那我和你一起。

于是，柳生又带着妙音回到了古代。

他在街上等候，由妙音单独同父母说话，假说有神仙托梦，五月端午有盗贼劫掠。程公听闻妙音的话，心里很厌恶，认为女儿又疯了，所以编谎话骗人，让人严加看管。

柳生闻讯，再来拜访，被家奴乱棒轰了出去。柳生一边逃跑，一边高喊："端午节有响马！"程公虽然不信，但端午节前一天，还是加强了守备，以防不测。

端午节那天，果然有一大群响马佯装客商来到闹市，到了午间，突然一声响箭，响马纷纷从货箱抽出大刀，从街巷两侧向里堵截抢掠。

程家门宅高大，响马知道他们富贵，三人上墙，从里面开门，另有三十余盗，骑着高头大马，直接杀进了宅邸，让程公将财货拿出来，否则就要杀人。程公与家奴虽有防备，却并不充分，被响马盗打得退无可退，在堂屋持械，与在院子里的盗贼僵持。响马盗中的几人，上墙，爬到屋顶，想要拆顶跳下去。掀起一大片瓦，拆板砍椽，眼看就要跳下来，大开杀戒，等在屋顶的几个盗贼却接连发出惨叫，从房上滚落到地面，刚好落在他们拆掉的碎瓦上。定睛一看，才知是有人放了铳子，鲜血直流，很快染红了瓦片，吓得里外都愣住了。

竟是柳生，不知从哪里弄来了两杆连发的铳子。那铳子不同于普通的铳子，带准星，打得很准，而且根本不用捣药，凡被打中的盗贼都应声倒地，四五丈远也不在话下。其余盗贼呆了好一会儿，犹如见了天兵，面面相觑，想要上前砍杀，又被一枪击倒，连带着人都往后飞。

响马不知道里面的深浅，仓皇逃命，程公全家人的性命也得以保全。

响马盗走后，大家聚在一起相互慰问，只有家奴死伤数名，其余只是受到了惊吓。

妙音跑去安抚母亲，等来到前院，却不见了柳生的踪影。问程公柳生在哪里，程公说没看见。又问其他人，都说不曾见过有这样一人来。从他们的话里可以听出，方才放铳子的好像并不是柳生。

妙音感到不妙，赶忙向外跑去，想看看柳生是否在街上，程公喊她不要出去，她也不回头。

妙音才跑几步，就感觉到了不对。院子里，一个响马盗正在死去。在这个响马盗死去的同时，凌乱的景象逐渐消失了，就连满地的血腥也没有了。被拆下的瓦片和被踹倒的缸，以及缸中涌出的水藻和鲤鱼，也都恢复了它们的原状，变得整整齐齐，干干净净，完全不是骚乱发生后的景象。

跑到大街上，街面杂乱的景象也在复原。只觉天旋地转，像坠入了一个无底的黑洞。等猛然醒来，发现自己还在闺阁中坐着，桌上放着一本有关爱情的画册，不知是什么时候睡着的，也不知睡了多久。

依旧是春天，雨似乎下了好久，使暮春有了些寒意。妙音托着腮，望着画册上的儒生。那儒生依然在湖边看风景，她也想去看看。对于柳生，她似乎已经忘记，只感觉好像和他很熟悉，好像发生过什么，又好像什么都没有发生。

她有些心慌，手不住地抖了起来，胡乱誊了一首宋人的词：

春睡起，小阁明窗儿底。

帘外雨声花积水，

薄寒犹在里。

欲起还慵未起，

好是孤眠滋味。

一曲广陵应忘记……

公元二〇三五年，史料变得不同。

程公享年八十五岁，其女妙音，嫁给了翰林编修王敕的侄子王元昭，生四子：光庭、光庑、光序、光度。

为解决极低生育率导致的问题，未来之国行为激进的谋臣，让人动用秘术，大量抢抱古代即将夭折的婴儿送至现代的医院救治，其中以明清两代被遗弃在育婴堂的女婴为多。一些执行者为完成任务，或借以邀功，违反规定，直接掳掠在村头、街巷玩闹的幼儿充数。

响马盗柳三儿，其子三岁时于村口走失。

这就是柳生的来历。

运时术

　　洛阳有个书生，名叫王元甫。崇祯初年，追随道士马真一学习运时术。

　　所谓运时术，可以将甲的时间转移给乙，使乙的寿命延长；又可以把别人的时间转移给自己，使自己长生不死。

　　马真一自言已经三百多岁了，经历的事情很多，只是时间越到后来就越快，靖难之役就如同发生在昨日，数十年都是倏忽而过。又说时间过得太快，也是因为没有完全掌握法术的奥妙。如果完全学会，不仅能转移时间，还可以将一瞬拉长，变得和一年一样。

　　马真一还有个师父，名叫李玙，乃是唐朝宗室，已经快九百岁了，运用运时术就跟翻手一样容易，可以把时间拉得很长或者缩得很短，可以令乾坤逆转。王元甫自从跟了马真一，就没有见过这个师公，所以怀疑师父在骗他。

当时，袁崇焕守宁远，督师蓟辽。马真一云游到了山海关，神出鬼没，被袁崇焕抓获。此时朝廷正在紧锣密鼓地捉拿白莲教的首领，白莲教也听说过马真一的大名，一度邀请他出山，想要奉他为盟主，被马真一果断拒绝。然而民间却误传他接受了教主之职，其实是部分教众散播的谣言。

马真一被关入狱。

王元甫知道师父可以自证清白，也可以轻易逃出来，但一直没见到师父，心里疑惑。请求探监而不得，再三使钱恳请，狱卒才告诉他马真一好像已经死了。奇怪的是不见腐朽，心不跳，心窝却还温煦，上官不知如何是好，赶上督师外出作战，就让狱卒继续看押。

王元甫靠近槛阑，只见师父静寂不动，喊也没有反应，知道是死了，于是放声痛哭。哭了好一刻，忽然有声音喊他，原来是师父被他哭醒了。

马真一责怪他不够沉稳，说自己之所以不辩、不逃，是因为活够了。他不想再和人说话，不想再在人间苟活，索性就走吧。既然徒弟来看，就嘱咐两句再死。请王元甫把他埋葬在深山，写个木牌，四处散布他死亡的消息。又传授他的师父李巧曾经授给他，他却根本没有参透的秘诀，希望有朝一日自己的徒弟王元甫能够有所领悟。

王元甫将口诀记诵下来。

清顺治年间，王元甫才娶妻。

他的妻子婉儿曾经在周家做媳妇，她同王元甫青梅竹马，一起长大，十五岁的时候私订终身。然而婉儿的父亲李铉以为王元甫不务正业，原先答应的婚事又不答应了。

等婉儿十七岁时，就把她许给了洛阳县丞周仲贤。

周仲贤在县中公干，催科酷烈，理讼残暴，常把人打死，人们都管他叫"周阎罗"。在家中，他也常以酷虐妻妾、仆婢为乐，往往殴折致死。同僚也对他的行为很不齿，然而他因襄佐县官有功，得到的钱财堆积如山，又不吝啬贿赂，上官都很喜欢他。

周仲贤的妻妾皆不能生育，只有三房的婉儿为他生了一个儿子，起名叫周巨臣，很得周仲贤的喜爱。也因此，他对婉儿高看一眼，不再虐待她，还设计将正妻休走，扶婉儿为妻。

到周巨臣十六岁，周仲贤突然暴病而亡，周巨臣便继承了周家的产业。

婉儿虽然守寡，却不见有愁苦的样子。五十岁时，容貌依然如同少女一般，县里的人都很惊讶。

实际上，婉儿正是从王元甫的运时术中得了好处。

嫁给周仲贤后，她以为没办法再与王元甫私会了。可王元甫离开师父后，参悟多年，对师傅传授的口诀有了一点点领悟，学会了运时术中的拉时术。只要周仲贤不在婉儿房间，他就择机将一瞬拉长，光明正大地走进去。

一开始，周家人常常看见一道青光从大门闪入内院，后来就是一道白光，不知道是个什么东西，找道士驱邪也没有用，实际上那就是王元甫闪电般走过去的肉身。

周巨臣当时十四岁，已经懂得男女之事。看见青光，也觉得奇怪，就在青光射入的地方观察，找了几个房间，最终听见母亲寝室有异常，里面传来她和另外一个男子的私语。靠近窗户，抹开窗纸，才知道母亲竟然在和外人做着无耻的事。

周巨臣羞愤难当，可考虑到母亲的清白，又不敢张扬。折身拿刀，踹开房门，青筋暴露，恶狠狠地质问王元甫。王元甫正同婉儿行周公之礼，四肢相叠，光如白葱。见周巨臣来了，一时有些慌乱。然而很快就镇定了下来，封了周巨臣的穴道。

婉儿哭着对王元甫说："以前你总是说等周仲贤死后，我们就成婚。如今你的亲儿子认周仲贤做父亲，却不认得你，还要把你杀了，如此亲疏不分，未来恐怕也很难接受。到底该怎么办呢？"

王元甫说："只有同他坦白实情了。"便向周巨臣诉说事情原委。周巨臣内心以为王元甫是妖孽，花言巧语欺骗自己和母亲。可又知道这人法力高强，害怕遭遇不测，就姑且认王元甫为父。后来听母亲婉儿细细诉说，才慢慢知道那晚他们说的确实是实情，加之王元甫愿意将奇异的法术传授给他，且身家巨万，就真的认他为父了。

王（周）巨臣沉敏果决，过目不忘，性情和他的养父周仲贤很像。

崇祯末年，兵祸连天，盗匪横行，民多逃亡。周氏一族，死者十之八九。县邑乡间，十室九空。王元甫携婉儿和周巨臣进入深山，在山中与他们一起生活，专心传授王巨臣法术。

不知过了多少年，再出山的时候，外面的人们已经换了装扮，剃发易服了。他想办法修改户籍，公开娶婉儿为妻。

王元甫曾教诲儿子做人的道理，希冀他能有所领悟。王巨臣内心不服，却聪慧无比，能够轻易掩盖自己的过失。才三年，法力就已和父亲一样高强。李玙所传的口诀，王元甫没有领悟的部分，他也能参悟出许多道理。可惜行为未见改善，性情愈发乖张，因为学得快，很瞧不起王元甫，王元甫深以为患。

学会运时术后，王巨臣果然四处为害。

他不听教训，榨取新生儿的寿命，一次便可以获得五六十年的阳寿。民间婴孩，竟半数夭折。很健康的小孩，也是说死就死，人们往往以婴孩的百日为大关，活着超过七岁才松一口气。

起初，王元甫转移时间，是在民间的集会上。当众以驱邪的名义施法，法毯上五光并起，一寸长的小草人在桌子上列队向人们致敬，忽然又变成无数飞鸟，直上蓝天，在空中绽放，如烟火幻灭，继而落为花瓣，落在人们肩膀上。于是观者如堵，一天之内竟有数万人围观。王元甫只从每个看热闹的人身上挪取几天的时间，一次就足够他们一家多活几十年的，故而他要隔很久才汲取一次别人的生命。

王巨臣却不这样，仗着欺天的功力，做着暴毙性命的坏事。等事情无法控制了，王元甫才想起来应当动用家法重责，可惜法术早已经不如儿子了。说好实施家法，结果儿子每回都能跑掉。

王巨臣在民间为患，已经觉得不过瘾，往往出入紫禁城，蛊惑宫女、太监，迷乱妃嫔，甚至夺掉皇子的性命。

他曾闪入宫内，令时间停滞，揪掉皇帝数茎须，还令皇帝跪伏身前，并说："都说你是万岁，但你是假万岁，我是真万岁。假万岁见真万岁，三拜九叩，正合其宜！"还坐在龙椅上饮茶，乱批奏折。

乾隆年间，他到山东、江浙游玩，割掉百姓的辫子戏弄百姓。被割掉辫子的人，就是被挪走了几乎全部时间。王巨臣以此为乐，还专门给被割辫子的人留上一两年，好让他们在恐惧中结束自己的一生。又蛊惑众人，指认嫌疑，制造冤案。被他陷害的人，唯有等待死亡而已。恐慌蔓延了十多个省份，人们管这种现象叫"叫魂"。

此时，王巨臣的寿命已经加到了数万年。

一日，他又欲行凶，忽有一白发老翁到访。

王巨臣问："你是谁？"

那人自言名叫李玙，乃是唐朝宗室。王巨臣听过李玙的大名，一时有些怕，但觉得既然已经掌握了老头传下来的所有口诀，青出于蓝而胜于蓝，就算是师祖亲自来了，也不能把他怎么样。况且李玙老态龙钟，肯定无法与身壮力强的自己相比。

便问："所来何事？"

李玙说："杀你。"

王巨臣晒笑道："老头，你没听说过王阎罗吗？便是我。"

未及李玙回话，王巨臣便将五里之内的一瞬拉长至一个时辰，拔出匕首，刺向李玙。刀锋凌厉，速度奇快，直插入老翁腰部。电光石火之间，事情已成。

然而王巨臣却感觉大事不好，一下知道扑空了。等回过神来，老翁已经出现在他的身后。

王巨臣大怒，又将本时内的一瞬拉长为一日，这是他自己悟出的"再延法"，时间可以慢数万倍，速度就可以快数万倍。随即再刺李玙的腹部，竟然刺中，心中大喜。可是突觉腹部一凉，紧接着冷痛如冰，剧痛由肚脐右侧贯穿全身，动弹不得。

往下看时，自己的肚子上居然插着一柄匕首。再看，匕首的根部居然刻着"巨臣"二字，竟是自己的刀！

大惑间，才觉出手中空空。转念一想，肯定是李玙将他拉长的又时间拉长百倍，因此才能夺掉他手里的刀插他。可惜他不如李玙，再延法就已经把法力用到了极限，三延绝无可能。能力只到这个地步，不能再把时间延长。只好将插在腹部的匕首拔出，血就染透了衣裙。

抬首看时，却发现身边的景物不对了，根本就不是遇见李玙时的场景，而且眼前竟然浮现出了自己的模样。

王巨臣不能理解，怀疑是李玙对他使用了幻术。把破除幻术的咒语都用个遍，也不起一丁点的作用。而且越看越不像是幻觉，猜测可能就是现实，难道是李玙使用了瞬移术？可是眼前的这人又是怎么回事呢？

王巨臣愈发不解，倒是眼前的自己更不解，皱着眉头先问："是何妖孽？学我模样？"

话音刚落，王巨臣就想起来这个人的确就是自己，心中浮现出一段很清晰的回忆：

很久很久以前，他曾杀掉一个和自己很像的人。那人不知从哪里冒出来的，突然就出现在自己眼前，持匕首扎他。慌乱间，他用拉时术放缓了对方的动作，夺过了那人的匕首，刺向了那人的腹部。

他当时也想不通那个和自己长得很像的人怎么会突然出现在眼前，不明白好端端的为什么会刺他。等刺完后，越看越觉得那人不是长得像他，而就是自己，不由疑惑万分，于是问："是何妖孽？学我模样？"

那人却拔了腹上的匕首，想要还刺于他。他便抽出砍刀，一刀砍下了那人的头颅。

想到这里，王巨臣大惊，知道是李玙老头设法逆转了时空，把自己送回到很久以前，让当初的自己杀掉现在的自己。

然而手持利刃，已经刺出，又使不上法术，刚要喝止，却被对面那个自己砍了头，一注鲜血从脖子上喷射而出。

持砍刀者王巨臣准备查勘被砍下头颅的王巨臣，却突然觉得时间变得很快。原来李玙又将砍头者王巨臣和被砍者王巨臣之间的一百多年的时间，压缩在了弹指一挥间。

砍头者王巨臣不知道所杀的是个什么东西，等明白过来，却又被先前的自己所杀。他就在这段时间里，不停地自己杀自己，循环往复，叫苦不迭。

王元甫因为儿子太长时间不回家，怀疑他是不是遭遇了不测。这时，李玙找到他，责备说："运时术是为救急救困，迫不得已才能用的。想要益寿延年，还得靠自己的修行。你修道不修德，夺取别人的时间为自己和妻儿延寿，已是欺天的大罪。竟然又把法术传给品性拙劣的儿子，还不能管束，致使无辜殒命，孩童早夭，简直罪大恶极。我已经惩罚了他，将他圈禁在时空里自戕，等他死够所害之数后，便不再往复。现在轮到你受罚了。"

王元甫知道儿子最终要被李玙害死，很是生气，问道："师公有如此本事，为何不早点阻止我儿？非要等到这样不可收拾的局面才出来？可见所谓神仙，也只不过是徒有虚名罢了，不见得多么高尚！"

李玙道："这世上有多少屠戮生灵，戕祸百姓，吸人骨髓的人？单靠法术如何能够控制？你的儿子只是一只小虫而已，因为有辱师门，我才来先除他。你教诲无方，还总想着帮助他脱罪，他的罪孽你也脱不了干系。"

说罢，将王元甫一拉，拉进一个无声、无色、无影、无光、无地、无天的地方囚禁，这里的声音无法传播，连自言自语的话都听不到。手足也没地方放，只能凭空游移。虚声在耳，脉搏焦心，度日如年。

婉儿跪请陪同，李玙说："你就不必去了，片刻之后他就能回来。"

原来只是将王元甫的片刻拉长，对外人来说只是一眨眼的事。果然才说完话，王元甫就回来了，回来以后沉默不语，眼神也很空洞，就跟傻了一样。婉儿问他话，他过了十多年才反应过来。

从那以后，李玙启人心智，只留心法，销毁禁术，就再没有人能靠这种方式延寿了。

因为不能再增加时间，到同治三年，婉儿便去世了。次年，王元甫也跟着去世了。他们实际上活了二百五十多岁。

马真一没有把运时术传给其他徒弟，王元甫没有把运时术传给别人。王巨臣没有朋友，李玙也不见踪迹。因此，人们都说运时术早就失传了。

又有人说，运时术其实没有失传，马真一还有个徒弟名叫王道然，不受待见，偷学过运时术，还收了几个徒弟。还有人说，李玙未曾出现的那些年里，其实是在闭关自罚。王巨臣得以四处播淫，有子十八人，其中六人学了运时术，也都受到李玙的教训，不敢随意使用。后来的人既不懂心法，也不懂技术，所以无法掌控时间。

运时术的故事我没听别人说过，是山东的豆先生为我讲述的。

空耳怪

滁州有空耳怪，人面狗身，蛤蟆一样大，耳朵和羊似的，说话的声音如同三岁的小孩。常坐在民户门前的抱鼓石上，等人过来，就出神地望着人。

它总是把话听错，有人戏弄它，故意说脏话，它就拿好话回应。

刘秀才袁茵，曾经在家门口见到空耳怪，调戏它说："你容貌寝陋。"

怪物却说："君仪表不凡！"

刘袁茵严肃起来："你是卢杞！"

怪物更加严肃地说："你是潘安！"

刘袁茵责备："你不讲实话。"

怪物赞道："你刚直不阿。"

刘袁茵听了以后，非常高兴，就把空耳怪请到家里供奉。

后来他在考试中犯了忌讳，名落孙山。

同他有婚约的张典史家又因事搬迁，借故退了婚。刘袁茵懊恼至极，回到家里痛骂典史全家。空耳怪听后，却把典史全家夸了一番。刘袁茵大怒，将空耳怪丢到了外面的井里，对着井口骂道："你去死吧！"

空耳怪却说："你好好活！"

过了几年，刘袁茵愈发落魄，只能靠帮人写状子为生，还要跟别的秀才抢生意，每天都要发一肚子牢骚。

后悔把空耳怪丢掉，钻进井里找，却没找到。听人说被一个老头抓走了，卖到了京官左云豆的手里。左云豆如获至宝，天天当着空耳怪的面批评朝政，再把它回禀的话写下来，没多久就做到了户部侍郎的位置。

·

窄士国

瀛洲东南两万里，有个窄士国，衣冠制度都同中国一样，只是学校里的博士不叫博士，而叫窄士。

李忠献曾经坐船去窄士国参观，问负责接待的人："为什么要把博士称作窄士呢？"

那人回答说："是因为我国的学者专精一科，越钻研学习，未来的就业道路就越窄，所以叫作'窄士'。"

另一人摇头道："不是这样的！相传我国的春熙年间，德宗皇帝向太学博士发问：隔夜的茶是否能喝？那博士专精化学，做事认真细致，特意做了实验，来验证隔夜茶中的亚硝酸盐含量是否有所增加。结果并没有达到让人中毒的剂量。于是上奏皇帝，认为可以放心大胆地喝。德宗皇帝年过四十，得登大宝，厉行节俭到了无以复加的程度。听说后大喜，立即饮用了前一日的茶水。孰料不久之后，肠鸣就如水车辘轳，继而发生了急性腹泻。他大为动怒，责怪博士撒谎，要革去他的功名。诸太学生力证博士无辜，还列出了许多数据。我德宗皇帝宽仁有爱，见那么多人求情，就饶恕了这位博士。让太学生寻找原因，太学生们重新做实验，发现喝隔夜茶的确容易腹痛，而茶水中亚硝酸盐的含量又的确远远没达到中毒的量，百思不得其解。最终，一个名叫周懿的生物学博士找出了问题所在。他说，隔夜的茶水，虽然没有化学之毒，却有大量的微生物繁殖。本国湿热，饮食容易腐败变质，茶水亦不能免。所以，从化学上看，这水能喝；从生物学上看，这水不能喝。事情禀报上去，德宗皇帝听后，若有所思地说：'术业有专攻，真是至理名言啊！懂化学的不管生物，懂经济的不管法律，我看大家以后就不要叫博士啦，改叫窄士吧！'从那以后，国朝的'博士'就变成了'窄士'。国名也由'博士国'变成了'窄士国'，都是为了纪念德宗皇帝宽厚的美德啊！"

询问讲述者的名字，原来是历史学窄士张镝。因就业无门，所以被安排到鸿胪寺当招待，属于临时工性质，此时已踩着李忠献的脚说了五分钟了。

李忠献回国以后，依然觉得这件事很好笑，特意记录下来，分享给中国的博士们，希望大家引以为戒。

天缝

崔燮，字吉先，河东人，从小聪慧，七岁即日诵千言，毫不停滞，还能从许多事情中看出别人根本看不出的征兆，往往应验，人们都说他是神童。

他十三岁就考中了秀才，几年后又中了举。然而秋闱后不久，他的父亲崔介背上生了一块碗口大的痈，没几天就去世了。

崔介是庚辰科的进士，圣祖皇帝的左侍讲，以礼部尚书致仕，乡里人都很尊敬他。临死前，拉着崔燮的手说："我的死是上天的安排，你不要为我难过。我现在就要走了，不能不说出藏在心中很久的疑虑，你一定要想办法解答。

"我年轻时，去北山玩，山的南面突然出现了一道天缝，有数丈长，灿烂如同正午的日光，中间有珠子一枚，上下两侧有睑影眴动，和人的眼睛一样。这时，有天神的声音说：'安排他生个儿子。'我很惶恐，当时你母亲怀胎才八月，回到家后，果然生下了你。

"起初，我还以为'怪、力、乱、神'不是读书人该理会的事，没有探究，渐渐把这件事忘了。可是，前几天，我又去北山，天缝竟然再次出现。天神又说：'让他生痈而死吧！'等我回到家，果然感觉后背奇痒无比，那痈起先和铜钱一样大，漫肿无头，痛得我无法忍受，最终成了今天这样。我儿聪明捷悟，我死以后，务必要查清此事，看看天上到底是个什么东西，是否有人在作弄我们，不要让子孙后代再受他的玩弄。"

说完，瞪目直视，表情扭曲，很快就死了。

崔爕安葬完父亲，想尽快找到答案。于是在北山架起了茅屋，日夜等待天缝出现。素衣蔬食，苦读经典，送来的饭菜经常放凉了才吃。冰雪冻地，山风刺骨，就这样同时为父亲守丧，形体消瘦，哀毁骨立。

到第三年春天，忽然有大风吹折了树木，把青松树冠压在了屋顶，山顶的云雾被风刮走。碧空呈现出一片霞光，最亮处如同高悬的钓线，紧接着像蚌壳一样张开，从里面迸出无数璀璨耀眼的黄白光线，让人无法直视。过了一会儿，光线变暗了，那条缝就变成了人眼一样的东西。

眼睑比天色略深一些，眼白和云雾相近，瞳子深邃，晶膜莹莹。

崔燮大惊，心想这一定就是父亲说的"天缝"了，指着天咒骂。

天缝似乎也发现了狂骂的崔燮，便从空中逼近，停在离他不足一丈的地方，看了好一会儿。巨眼的膜上，映照着崔燮的影子，除了他和周遭的东西外，好像还有几行文字，像刻在碑上的，可身边并没有石碑。再仔细看，才发现并非石碑，而是一块白板，字都是反写的。可以认出是："崔燮没有认命，要为他的父亲报仇。"

认出的同时，天上有个声音也在念这句话。崔燮知道那就是天神的声音，于是向瞳子投掷石块。石块犹如落入河水一般消失了，天眼逼近，最后竟扣在了崔燮身上。眼睑闭合，把他包在了里面。崔燮用力挣扎，却像被蛛丝缠住，挣脱不得。周身黏腻，喘息困难，胳膊、小腿、肋骨都被裹折了。

过了好一会儿，天眼才又睁开，把崔燮从百丈高的地方扔下。崔燮已经奄奄一息，知道自己必死无疑，摔在地上，感觉五脏六腑都破了，当即死了过去。

猛地醒来，发现自己正坐在桌前，心跳就和脱兔一般，休息了一刻才平静下来。桌上一沓稿纸，写的都是自己以前的经历。以为是被家人救回了家，养好了伤才这样的。觉得很奇怪，可又说不上哪里奇怪。

这个时候，一名婢女为他进茶，穿着桃红色的裙子，青纱比甲。玉容羞面，云髻半偏，是崔燮喜欢的样子。

上完茶，又为崔燮研墨，香袖白手，含情脉脉。崔燮觉得这个人很熟悉，却想不起名字。环顾四周，也觉得很熟悉，是先前待过的地方，可又说不出这是哪里。回想先前生活、读书、科举、葬父的事，反而像是做梦一样。

于是问道："你叫什么名字？"

婢女笑道："芳茵。"

崔燮责备道："家长新故，怎么还穿红色的衣服？"

芳茵惊讶地说："主人在说什么啊？"

崔燮就把之前的事情说了一遍，芳茵笑道："想来主人又做长梦了。您所说的事，都是没有的，您中举后，便赴京春考，与同学在一起，焚膏继晷，日日苦读，得中一甲第二人。现在官居礼部左侍郎，翰林院学士，哪里亡故过什么父亲？哪里守过三年孝？况且我们是在京城，不是河东，家里的一切都很好，没必要为那些没有的事担心。"

崔燮大惊，问道："我的父亲呢？！"

芳茵说："在北屋。"

崔宅有三进，南屋比较阴冷，是崔燮在住。北屋向阳，院内种满了萱草、玉兰，室内冬暖夏凉，而又远离街道和客厅，非常安静，崔介就住在那里。得知父亲没死，崔燮拔身快走，到了北屋，果真看见崔介在堂里闲坐，崔燮踏过门槛，一个趔趄，猫似的爬了过去，跪在父亲面前嚎啕大哭。

崔介不知道怎么回事，见儿子哭，还以为他在朝廷里惹了大麻烦，也跟着哭。哭完了，才知道原来儿子只是做了个噩梦。

崔燮不明白为什么不记得中举以后的事了，家里人同他讲，他也想不起来。同样他为家人讲述天缝的事，家里人也不知道。就明白"怪、力、乱、神"确实不该谈论，况且部议繁忙，娇妻美婢，又可在父亲膝下承欢，久而久之，也就不把以前的事放在心上了。

当时，大臣们因为皇帝追尊皇考的事争相上谏，崔燮也参与其中，跟着曾担任主考官的顾顺之在左顺门恸哭请愿，竟然激动得晕了过去。他们因此惹恼了皇帝，有一百多名官员下了大狱。崔燮被打昏过去，醒来后，看到还在会审，没争辩几句，又被杖打，打得血肉模糊，始终不肯承认有错，终于被削职为民。

崔家在河东有数千亩良田，房屋三百六十六间，所幸都没有被剥夺。然而崔氏子弟在乡中多有不法，规劝眼前的，背地里又违法，没有办法节制。崔燮在官时，县里的官绅愿意帮他遮掩族人的罪过。此时失了势，就纷纷倒戈。很快，崔家又被朝臣算计，家产籍没，子弟或流或散。一月之间，数千仆役、数百家奴，都和鸟兽一样各自发放、逃命去了。崔燮本人则被发配到辽东铁岭卫永远充军，家小随行。

他的父亲崔介受不了奔波劳苦，带着病身，喘息不能躺卧。差役押送犯人有时间限制，不敢耽搁，催促得很急。走到锦州，崔介就被累死了。崔燮一定要带着父亲的尸体走，被差役鞭打也无怨无悔。苦挨着到了卫所才下葬，连像样的丧事都没办。

家属们过惯了安逸富足的日子，无法忍受恶劣的环境，生病的生病，发疯的发疯。活下来的，土炕茅屋，地冻天寒，缺衣少穿，每天还要遭受军官笞挞恐吓。

屯耕辛苦，役使无穷，几年下来，或死或逃，勾补的人员也都绝了，身边只剩下芳茵。

芳茵性情机巧，常为崔燮出谋划策。然而崔燮自恃有过功名，听不进婢女的劝告，等出了事才幡然醒悟。娶芳茵为妻，听从芳茵的建议，自学医术。

卫所的千户李震得了一种怪病，一到子时和午时，不管当时在做什么事，都会突然瘫软，连脉搏都会停止跳动，怎么叫都叫不醒，奇怪的是呼吸照旧。等时间一过，就会醒来。除此之外没有其他不适。请了很多大夫都没治好，崔燮得知后，说："子时阳起，午后阴生，子午昏迷，阴阳不和。这个病我能治！"援笔写方，趁着病人昏迷时灌下，当即痊愈，众人连连称奇。

又治好了佟总旗妻子的鬼痓病，从那以后，名声大振，军官和军官家属都找他看病，渐渐有了资产和声望。

崔燮的儿子们受他的牵连，没法摆脱军户的身份，却都勤奋向学，长子当了千户，次子为百户，三子为总旗。小儿子得以专心学业，乡试中举。

如此四十年，有一天，崔燮起床，见芳茵还没起，推也不动，才知道妻子已经撒下他走了。伤心欲绝，几乎要把心哭出来。为芳茵举办了隆重的丧礼，埋葬在新辟的家陵。感到孤独的时候，就独自到坟前向她诉说心事，说到动情处，又总是抹泪，结果把眼睛哭坏了。

老来健忘，眼睛看不清东西，说的话家人渐渐也都听不懂了，又不忍心不搭理，不得已，总是敷衍他。崔燮愈发落寞，时常想念芳茵，想起来就到陵地探望她。有一年，秋雨连着下了十多天，崔燮憋得心里烦闷，又想起了芳茵可能会淋雨，拂晓的时候，揣着几个包子，拿着油纸伞去找她，结果走反了方向，在距离陵地很远的地方迷了路。转圈转到夜里，口渴得紧，走到一个水塘喝水，结果陷进了烂泥里，越陷越深，最终被冰冷的泥巴裹住，喘息不得，很快没了气息。

家里人从中午就开始找他，连个尸首也没找到。

崔燮陷入泥塘，不知过了多久，醒来时只觉得身上裹着胶黏的东西，挣扎一番，黏液被豁开。睁开眼来看，发现并不在泥里，而在山上。石间长着半人高的枯草和酸枣树，棉絮样的白云浮在天角，日头很高。努力挣扎着爬起来，发现身上还穿着当年守孝的衣服，行动却比之前敏捷许多，既不是健忘的老人，也没有受过伤。

回想之前的事，印象非常模糊，只记得是要找一个叫芳茵的人，可和芳茵在一起做过什么，又不太记得，像上一辈子的事。

下意识朝着茅屋走去，走到满身是汗才到。里面没有人，有土炕、草鞋、泥炉、板凳。

在里面枯坐了一会儿，越想越觉得怪。等到饥肠辘辘，就有人提着一个木制的方盒来。问来者的名字，说叫兴盛。

兴盛是崔家的仆人，很是忠心。于是请他讲述家里的情况，兴盛很奇怪主人为何会不记得以前的事，但依然按要求讲了一遍，崔燮才记起来多半。

原来他的父亲崔介确实已死，所以他才会在茅屋里素衣守孝，正好为父亲寻找天缝的秘密，到现在已经是第三年了。至于被天缝裹缚，跌落山腰，也都记起来了。可是，在京城为官，同芳茵结婚的事，难道又成了梦吗？莫非又是上天在捉弄？

心里头愤恨，回到家中，闭口不谈天缝的事，也不肯同家里的人亲近。家人都觉得崔燮变了，还以为是他独自待在山上太长时间不怎么和人交流导致的。

过了几年，崔燮参加会试，得中二甲第十四名，授馆职。文章很受皇帝的赏识，同僚都认为他有前途，许多人前来恭贺，州县的官员也都来帖修好，门前车马络绎不绝。因为有了先前的遭遇，崔燮做起事来格外谨慎，不结交朋党，也不参与礼议，平日里只和太医院的吏目朱又可交好。

朱又可端正苦学，医术精湛，自以为天下第一，同崔燮聊天，才知道崔燮的水平比他还要高，他非常认同崔燮的医理，甘愿亲自将他的理论编修成医书。

这时，有个姓李的带着大礼，请求崔燮履行婚约。

原来，崔燮的父亲崔介与这个李岷是同乡好友，在县学的时候就不离左右。他们当时都有了孩子，约定以后结为亲家。原本打算等到孩子十七岁时就办婚礼，不料崔介暴死，不得已延了期。李氏等候多年，同意让崔燮先考完试再说，居丧三年，考试又三年，从十八岁一直拖到了二十四岁，实在没有办法再等下去了。如今崔燮还不履行约定，李家就催他完婚。

崔燮不得已结了婚。

李氏恭俭，然而不能了解崔燮的心，不明白他为什么总是冷落自己，以为是自己不够贤惠所致，要为丈夫物色贤德美丽的女子充作妾室。崔燮对那些人都不满意，让她别再操心了。李氏百思不得其解，怀疑崔燮轻视自己的家庭，每每独自啜泣。崔燮的烦闷也无处宣泄，可又觉得李氏总归是个可以信任的人，不得已，就把之前的事统统告诉了她。

李氏听后，惊讶道："我听说有一种修为很高的人，可以拥有天眼，看大千世界，如同掌中的庵摩罗果。你和父亲看见的，莫非就是这种人的眼睛？"

崔燮大惊，才知道妻子居然懂那么多，于是说："不知道是不是这样，如果是，那么所谓的高人也不是什么好东西，喜欢捉弄人。"话音刚落，院子里就传来树木折断和砖瓦破碎的巨响，跟火药爆炸似的。

两人慌忙去看，只见院墙外面的古柏和墙头都坏掉了，一株八人围抱的大树从院上路过，以根为腿，以枝为臂，一下就跳到别人家里去了。仆人惊恐喧哗，崔爕问李氏的意见。李氏认为这是木神，从青州跑来。后来听说有擅长奔跑的人尾随那棵大树，亲眼看见它跑到了北山。

当夜，李氏在梦中就见到了天缝。梦里的天神似乎知道了他们的对话，威胁她说："不要再向崔爕透露这边的消息！"又让李氏马上改嫁，因为已经安排好要将崔爕化为一滩清水了。

李氏听后，既惊且怒，对天神说自己绝对不会改嫁，也不想让丈夫变成一滩水。问天神为何这么做，天神说："山东大旱，三年内没有雨水，我扶危救困，只好把崔爕化作甘霖。"

李氏问："搬运其他地方的水当雨水不行吗？"

天神怒道："我跟你讲不清楚！你的丈夫崔爕，沉迷理学，自诩要做顶天立地的大丈夫，要为生民立命，难道连化成雨水拯救黎民这种小事都不愿意做吗？"

李氏跪下，请求天神不要这么做。天神见李氏哀哭不已，连路边的松柏都开始流泪了，才松口道："家人可以替他。"

李氏就请求让自己代替丈夫。

天神问："那么，你们究竟是不是一家人呢？"

李氏说："我是崔燮的妻子，当然是一家人了！"

天神问："你们圆过房了没有？"

李氏俯首不答，天神再三逼问，才说："圆过了。"

天神便答应了李氏的请求。

只见夕阳全部消失在了远处的山后，路边的丛林里，无数个花生模样、两尺来高的白色小人，打着暗黄的灯笼，嬉笑着出来了。他们围绕在李氏的周边，说着非常奇怪的话，又开始唱歌。

李氏问它们唱的什么，它们纷纷说："化水谣啊。"每个人都回答了一遍。

不一会儿，李氏就感觉头目晕眩，脚底像踩了棉花，身体飘在了半空，滴滴答答地化掉。从头发开始，发梢首先塌缩成了一个个水滴，全身的汗毛也跟着变化，紧接着是手指、鼻尖、耳朵和脚趾。水滴坠向地面，绽放出七色的光彩。这时候，小人"啊啊"地说着可惜，从头顶掏出一个个白色的小碗，将李氏所化的水滴接住。等融化到大腿和肚子，水滴多得犹如雨幕，小人便又慌乱起来，用碗接的同时，也张开嘴接。等李氏完全融化以后，他们闭上嘴，再把小碗放回了脑壳。

崔燮醒来后，感觉被褥一片湿凉，掀起来一看，李氏不在。把另一边的被子也掀开，棉里全是水。呼唤李氏，没有回应。问仆人，都说没看见。派人四处寻找，也没有找到。崔燮很怕李氏和芳茵一样永远不再出现，懊恼不已，说什么也要把李氏找回来。

因为他当初有悔婚的意图，还亲自向李家人提起过悔婚的条件，被李家人拒绝，李家人怀疑崔燮考上进士，得了官位，想要攀扯名门，又苦于无法摆脱婚约，所以害了妻子，谎称失踪。于是李岷一边寻找女儿，一边搜集崔燮的罪证。

当时，崔燮已经把情况上报了朝廷。李岷等人赴司控诉，皇帝得知后，非常惊讶，感觉崔燮的上报是在侮辱他，令刑部严加审讯。

经过探查，确实没有发现李氏的所在，也没有找到崔燮杀人的证据，一些正直的大臣也为他辩护，便以李氏失踪结案。

厂卫的首领田步云，是兵部尚书田巽的孙子，擅长诬陷，喜欢诬告别人谋反，博取皇帝的信任。被他盯上的，没有能活着从镇抚司走出来的，而且往往要累及三族。所以涉案官员都希望得到刑部的审理，不愿意让锦衣卫的人抓走。

田步云的属下苗仁安，为人残酷，为了寻找吏部侍郎杨日熏谋反的证据，把杨日熏打得骨头断成了一节一节的，又要牵扯杨氏的族人和朋友。杨日熏被打得失去了神志，把馆阁里的人也供出来了，崔燮就是其中之一。

崔燮被锦衣卫逮捕，苗仁安逼迫他承认参与了杨日熏谋反。还说崔燮之所以杀掉妻子，是因为李氏要向皇帝告发他。

崔燮不肯自诬，苗仁安就让人用小刀割他的皮肤，深半寸，划成指甲盖大小的方块，再把辛辣的汤汁洒在肉块上。还用工具拉扯崔燮的手指、脚趾和关节，使它们一一脱臼。过段时间，再让人将肢节归位，下次审讯，再度拉扯，脱臼的时候问话，一天两次。后来不扯骨头了，让崔燮侧立罚站，站在只能容纳一只半脚的石墩上，一次站两个时辰。

他苦挨不过，只求速死，却没办法死，只好答应苗仁安把自己犯案的经历写了下来。

崔燮不愿意胡乱编造，就把以前的事，事无巨细都写了出来。写到子弟侵人田产而自己佯装不知，自批道："蠢！蠢！蠢！"写到同芳茵流落卫所，苦寒孤独，百计难脱，不禁潸然泪下。

校尉们看了崔燮的供状，勃然大怒，以为崔燮在耍他们，又把崔燮毒打一番。卷子呈递给苗仁安，苗仁安觉得奇怪，亲自前来审问，崔燮都能对答如流。苗仁安阅人无数，明白这人不像是撒谎，其中必然有隐情，向田步云汇报。田步云派人去北山查看，守候多时，根本没有发现所谓的天眼。询问乡亲父老，也没人知道天缝的事。便留下两个校尉驻守，其他人全部回京。

过了几天，两名校尉突然回京，都说崔燮的经历是真的。

那天早晨，天上真的出现了一道明亮的裂缝，整座山发出鲸鱼一样的吼声。过了一会儿，天缝就变成了一只巨大的眼睛。与他们对视片刻，他们突然就出现在了铁岭卫，成了铁岭卫的军户。那边的制度与当今基本相同，实际却不是这个时代。

就这样生活了好多年，有个官员因事充军，后来凭借医术为人看病，后来他们才知道这个人竟然就是崔燮。

两人假装看病，询问崔燮这边的事，他居然一概不知。他们想要回京寻找线索，潜逃出去，然而京城也并不是当下的京城，原来的位置上没有他们的宅院。正不知如何处置，不幸被巡查的人抓获，作为逃军，发往云南永远充军，原先跟在铁岭的家人和孩子也都跟着他们。

半路上，他们又找机会跑掉了，最终沦落到山东的一座海岛捕鱼为生，时常担忧官府的缉拿。没几年，家人生病，冒险坐船往辽东去，请崔燮诊治。同他说了天眼的事，崔燮就赞助了他们。

过了大概三四十年，他们先后在海岛去世。等醒来，发现居然还是在山上，对之前几十年的往事还有印象。他们从山上下去，遇见村民，村民纷纷躲避他们，犹如碰见了鬼一般。到县衙才知道，这边的时间才过了两天。想起身上是有任务的，于是回京汇报。

苗仁安平日里喜好歪门邪道，听说以后，认为确实有高人作祟。于是带道士梁米须到北山一探究竟。

梁米须观察山脉走势后说："青木含水，阴阳际会，此处容易形成风眼。"于是设坛作法，逼风眼出来。他挥着手中的木剑跳起了舞，人们就听见荒草和树木发出嘻嘻的笑声，好像在嘲笑他的舞蹈。继而林间的鸟雀如同麻醉了一样，从树枝上摇摇晃晃地掉了下来。山脉之间，风起云涌，不一会儿，天缝果然出现了，逐渐变成了天眼。

苗仁安见了天眼，言语十分恭敬，见天神没有理他，就开始漫骂。天眼一生气，将他们吞了进去。这些人落在了一片海里，远近没有船只，也没有鱼。他们相互拉扯，可时间长了就撑不住了，陆续沉入海底。

苗仁安在海里看不见东西，只觉得远处有个五彩的光斑，再看，竟然还是天眼，回首去看，却望见自己的尸体落向黑暗，便赶快游向有光的地方。顷刻间又被天眼吞下，落入广漠，身边都是自己带来的人。无论朝哪个方向走，都找不到水源，饥渴难耐，就从最卑下的人吃起，饮血食肉，可最终还是渴死了。醒来见沙漠中有一个月牙形状的水湾，走近一看又没有了，变成了一里之外的天眼，固定不移，钻进去后，乃是蛟池。又有蛊盆、泥潭、高岭、雪地、深井、诏狱。

梁米须也在其中，知道是高人的法术，后悔班门弄斧，将这些东西召唤了出来。时间一长，也看出了天眼的蹊跷：只要闭上眼睛，捂上耳朵，就可以暂时不受折磨。试过之后，果然如此。

于是内心嘲讽天神，以为天神没有什么可怕的。不料这样一想，身上便开始瘙痒，无数条细细的蚯蚓从皮肉下往外钻，钻出一个小洞后，就变成一个小小的眼珠，这些眼珠无法闭合，还能看见四周，因此他可以看见无数个镜像，不知道哪个才是真的。

梁米须抠掉所有的小眼珠，恭敬地跪在地上，问天神说："您到底为什么这样对待我们？"

天神问："你们又为何那样对待崔燮呢？"

梁米须说："对他使用严刑，不也是您的旨意吗？"

天神说："那是因为他的妻子欺骗了我。"

后来，人们就没有再见过这些人，田步云让人查了很久，都没查清楚这帮下属去了哪里。

过了几年，苏州商人陈庆常在芜湖行商，碰见了苗仁安在磨坊拉磨。起初不敢相认，后来拉起来看，发现真的是他。旁边几个拉磨的是他的下属，只是一个个都憨傻木讷，胳膊上有许多疮，像猫眼一样。他们见有人关心，很是激动地掀开衣服展示，肚子上和背上也都是那样的疮口。问他们什么，他们也好像听不懂似的。磨坊的主人一挥鞭子，就全吓得躲在墙角。

陈庆常出钱赎出了他们，把他们送到卫所，卫所也不知如何处置，随便找了个院子让他们住，很快又没人管他们了。

朝廷动荡，田步云等人，因山东大旱的贪污舞弊案，遭人弹劾下了狱。而崔燮得到了皇帝的重用，他能妥善处理各方面的关系，使贤官能吏各司其职，内宫和外廷的关系也趋于缓和。又常为民请命，解决百姓真正关心的问题。

他继续派人调查北山，然而天缝却很久没再出现过。到了年纪，乞骸骨，赐金还乡，再三要求子孙把他抬到山上去。后生嫌麻烦，先在山上修了一座庙，然后才用滑竿抬着椅子上去。

一天傍晚，外面一阵喧乱，仆人回报说天上有光，崔燮赶忙让人把他抬出去，果然看见了天缝，在场的人都目睹了它变成天眼的过程。有人望见眼膜上有字，还是反的，写的是"他最终又来到了这个地方"。

崔燮拄着拐杖，努力站起来，向天道："你为何要如此戏弄人呢？"

天神说："只不过是依据你所想的安排罢了！"

人们都惊异天空居然真的会发出声音，纷纷跪下磕头。崔燮把拐杖敲得砰砰响，厉声让大家起来，对天笑道："我没听懂你的意思，人怎么可能这样安排自己的命运呢？"见天神没有反应，继续说："你何不以真面目示人呢？"

沉默了一会儿，天神说："好吧！"

说完，天眼挪动了地方。不一会儿，云霞在山上聚集。眼睛周围形成了一张巨大的人脸，就和灰土捏制的一样，云雾显现出不同的颜色和神采。人们惊慌失措，有的尖叫起来，几个胆小的连滚带爬地往山下逃窜。

那张脸耳轮丰厚，鼻准圆实，孔头端净，额颐深广，竟然与崔燮的脸相似。人们正是因为看见天上的脸和崔燮的一样，所以受到了惊吓。看见天神是这个模样，崔燮略略笑了起来。倏忽间，眼前浮现出一座大山，山上一门小庙，数十个小小的人朝他望，正当中的，正是他自己。

这时候，崔燮突然感觉有人拍他的肩膀。

扭头一看，一个身形魁梧的男子，看着很熟，一时间想不起名字。问他愣什么呢，才意识到这里才是现实，先前发生的事是在做梦，于是恍惚地说："梦里去了一个奇怪的地方，有妻子产业，功名利禄，就和真的一样。"

那人骂道："痴秀才！傻症又犯了吗？书稿写完了没有？"

拿起崔燮的书稿，那稿纸仿佛被涂鸦，文字混乱不堪，像荒林里的落叶，堆得到处都是。那人理了好久才理顺，本来就不高兴，看完更不高兴了，对崔燮道："你这样写，对得起谁？你觉得陈堂主会满意吗？"

崔燮愕然道："陈堂主？"

那人无奈道："傻症犯了，连雇主都不认得了？"

崔燮这才如梦初醒，原来之前发生的一切，竟都是书里的内容。他只是个落魄的秀才，连乡试都没有中的下等生，举人都不是，更不要提进京会试了。

陈堂主是省城有名的书商，那时节出版业发达，出小说能赚钱，所以倩人写作。崔燮屡次到省城赶考，家里并

088

不支持，盘缠用光了，想以工抵债，可干活不利索，被房东赶了出来，没有可住的地方，在城隍庙的破土炕上睡觉，白天在街上支摊子，替人写家书、请帖，为人念信，一张纸一个铜板，十个字收费一文，念信不拘长短，一页五文。干得入不敷出，笔墨钱都混不上。看到陈堂主招聘，每月给三钱银子，多写有分成。

崔燮花费数月写了一部《平妖内传》，很受读者的喜欢，除去成本，赚了三千多两。因为市面上总有人翻刻，还把略微难懂的地方删去、改写，竟比陈堂主赚得还多，让陈堂主很生气，骂道："翻版的人，袭人唾余，有什么脸面活在这个世上！"

奔走呼号，一点作用没有，无可奈何，只能催促崔燮赶紧再写。然而崔燮写新书的时候，走火入魔，时常陷入癫狂的状态，分不清虚幻和现实，或哭或笑，创作得很艰难。

堂主以为崔燮是故意的，头一本几乎把他的分成全扣了，眼见崔燮要罢工，就忍气吞声地给了他两吊钱，还让书坊管事鱼任平敦促他，叮嘱鱼任平不要拿攀娘的事讽刺他。

原来，崔燮和本乡的女子季攀娘相好。可攀娘家里却要许多彩礼，看他学习优异，才勉强答应婚事，期待他能中举，然而他多次未中，愿望落空，不敢回乡面对现实。攀娘另嫁了县里的王监生，王监生对她不好，她便自缢而死。

鱼任平是陈堂主的姐夫，长得突眼豹鼻，孔武有力。尽管堂主嘱咐了，他也不太会好好说话，总是连讽带刺的。见崔燮文弱，就专门欺辱他，拿手指敲他的脑壳，敲得梆梆响。听说攀娘的事后，感觉很高兴，就拿攀娘的事讽刺秀才。崔燮又不肯服输，同鱼任平讲道理，反而被欺负得更狠。

鱼任平正狠狠敲了一下他的脑壳，陈堂主来了，喝止道："不要动粗。"和蔼地问崔燮写得怎么样，崔燮说："写完了。"

虔诚地递上书稿，陈堂主看了几眼，非常满意，对崔燮说："辛苦你了。"请画匠给小说画插画，安排刻板。发售以后，广受欢迎。有些书商购买了几本，拿回去增删翻刻，修改了作者的姓名，把原作"兴盛堂"改成"二凤堂"，有的抹去"兴盛堂"，改作"栖暖阁整理"，还把陈堂主的画像改成自己的画像。

陈堂主花了很长时间同这群人打官司，结果都不了了之。

陈堂主知道崔燮确实辛苦，把原先一个月三钱的薪酬调成了六钱。又怕他不好好干，便更改了当初的规定，改成按照章回计算，把成本之外的利益分一些给他。第二部书卖得很好，足够崔燮过得略微体面。只是，写完第二部后，他每天都哭笑无常，好说歹说都没法继续工作。

陈堂主靠在崔燮落魄时与他签订的契约榨取崔燮，没有引起崔燮激烈的反抗，自己都觉得难以理解。实际上，崔燮也只不过是感念陈堂主妻子的问候，还将她想象成芳茵罢了。

书坊里的人对崔燮都不好，只有陈夫人抬举他，对他非常客气。崔燮也会因为陈夫人的一句夸赞高兴很多天。

那日，陈夫人去庙里上香，路过书坊，顺便进来看看。崔燮正写书，半天憋不出一个字来。恍惚看见一个女子，妙龄秀发，美目含情，模样很像芳茵，却完全不是当年衰老的样子。她的声音也很像芳茵，崔燮就知道那一定是芳茵，只是芳茵并没有认出自己，和旁人打了招呼，偏偏没有和自己说话。他很伤心，等芳茵走后，呆坐了许久。压抑不住疯狂的想念，便亦步亦趋地往山上的庙里去。书坊的人喊他，他也没听见。

庙外有个石门，石门边有一棵老槐，三四百岁的样子，树身有瘤，如同突起的眼珠。见了这东西，又诱发了他的疯病，挥着衣袖起舞。见有个穿着破布直裰，戴着方巾的人跳舞，人们都驻足观看。陈夫人坐轿，也才到，掀开布帘看，恰好崔燮近了，闻见他一身的酸臭，便捂住口鼻，嫌厌地对轿外的婢女说："那不是书坊里的混子吗?"

不想这话被崔燮听见，引得他愈发癫狂，指着天空骂道："崔燮，你忘记找天神复仇了吗?!"

说罢，从靴中抽出短刀，作搏杀状，朝着悬崖跑去，纵身越向天空，朝天刺去，吓得人群尖叫起来。

陈元捷为我讲述。

挟人飞行

宁阳卢尽美，二十岁时期待三十岁时能够像徐霞客一样巡游天下。三十岁没有成行，便期待四十五岁可以云游四海，结果五十岁也没去成。直到八十岁，最远也只是到过邻县县城。

一日，卢尽美在梧桐树下乘凉，忽然出现两个小道士，二话不说，架着他的椅子就飞上了天。

卢尽美问他们干什么，他们笑而不语。飞跃泰山，在南天门停留了一会儿，又北去历下亭，过章丘，趋北海，抵大连。

苍穹渐昏，新月初起，繁星满天，下面就是万家灯火，宛如仙境一般。他们在一家山西人开的会馆入住了一夜，主人竟然没有察觉。第二天一早，卢尽美又被架着到了营口，吃过早餐，飞到了盛京，参观留都宫殿，和守门人谈天。中午前启程,到宁古塔参观木城,又到归化,吃了一种夹杂着嫩白脂肪的羊肉,味道鲜美,远非其他地方可比。上西宁,折入兰州,进西安,下四川,又在成都、重庆玩了几天,和船夫、滑竿、棒棒讨论做工的收入。

卢尽美没出过远门,出门又没打过招呼,很是思念家人,请小道士把他送回去。

小道士笑说:"没有关系,想回去我们就回去。"很短时间就把他送到了家里。

家人找人找得都快疯了,见老头回来跟个没事人一样,责问他去哪里了。卢尽美不敢说真话,谎称跑去县城找朋友玩了。家人很无奈,叮嘱他以后离家务必告知,又说不准他乱跑,否则就不管他了。

没想到才过了半个月,两个小道士又来了,没等他反应过来,便将他架飞出去。

此次路经南北,到曲阜,看三孔,跨青州,登青岛,转头去秦皇岛捕鱼。在苏、杭停留了两天,在一家酒楼的二楼听戏、品茶。顺长江而上,趋南京,游芜湖,达九江,在武昌过早,登岳阳楼,望洞庭湖,到桃源,下长沙。向南飞到了广州,吃早茶,一路走走停停,到了下午,过海往高雄去,在台湾玩了两天半,才被送回家。

这一回家里人倒是镇定了许多,没想到老头一下走那么久，没人管，居然还胖了，心情也很不错，不知道到底谁家愿意款待他这样的人。卢尽美又走丢后，子孙曾去县城找卢尽美的老朋友，才知道他根本就没到过县城。卢尽美只好撒谎说其实是自己跑出去逛了，有好心人给他吃喝。对天发誓再也不乱跑了，即便短途旅行，也一定告知家人。

如此相安无事，孰料半年后，两位道童再次空降，不由分说，架着卢尽美就跑，跑着跑着便飞了起来。卢尽美大喜过望，拍着手对道童说："小朋友！我可想死你们了！"想起答应家里人的事，赶忙对着院子喊道："小儿来，爷走了！"

儿孙听见他的叫嚷，还以为出了什么事，纷纷出来看，发现老爷子被两人架着飞了天，正由梧桐子大小变为芝麻大小，渐行渐远了。

此番过草原，上西北，经乌鲁木齐，在这里没有降落，道童说左公正在打仗，贸然下去会遇到麻烦。穿越西域，到波斯，吃阿拉伯美食。一路竟到了欧罗巴，全是些金发碧眼的外国人。卢尽美有点害怕，要求他们换个地方，便拐去了非洲，见到的都是黑色的人，他更害怕，只好带他去美洲，这里有和中国一样肤色的人，也有不一样肤色的。看新起的高楼，到黄石泡了一个时辰的温泉。又乘风而去，到了一片冰天雪地。有一种呆呆的鸭子，黑背白腹，直立如人，走起路来一扭一扭的，像在企盼什么。卢尽美说它们是猫头鹰变的，小道士非说那是鹅，争论不下，小道士就要撇下他走，他慌忙说："鹅鹅鹅!"小道士拍着腿捂着肚子大笑，说："曲项向天歌!"

回家后，小道士特意告诉卢尽美，他们以后不会再来了。卢尽美很伤心，低声问他们的来历，说是崂山李筠源的弟子，一个名叫高登民，一个名叫高延津。

又问为什么会带一个老头子飞翔，说是为了检验修炼的成果，顺便满足普通人的小小愿望。还说一百年前，他们的师兄曾将掖县林知州的祖父架到崂山的庙里，此事被纪学士记载了下来。

林知州的祖父昏聩不识人，很适合用来检验修炼成果。卢尽美并不昏聩，只是怨气积攒了好几十年，小道士路过他家，看到了这股怨气，怜悯他，才帮他实现了愿望。他们希望他不要将这些信息外泄，不仅对他们不好，而且就算外泄，也不会有人相信，还会给他惹来很多麻烦。

子孙问卢尽美到底干什么去了，卢尽美不说，只对他们说："趁年轻就应该多做点事。"

唉!如卢尽美那样，多数人都会被现实牵绊。年少时尚有心气，中年时还有幻想，渐渐地就什么都没有了。他们只有在不得已的时候，才会去做想做却并不紧急的事。两位顽皮的小道士，反倒成为卢尽美"不得已"的借口。现实掳掠了他的人生，小道士掳掠了他的肉体，于是得以假借被掳的名义，实现当年的愿望。

　　高登民为我讲述。

讨封

黄鼠狼讨封这件事，以前的乡民都听说过。

肥城丁甫安，路过大横山的时候，远远看见一个戴着斗笠，身形羸瘦的老头。走近之后才发现根本不是人，而是一只黄鼠狼。细腰尖嘴，蜷手缩腹，耷拉着尾巴伫立在路边。

见有人路过，突然问道："你看我像不像人？"

丁甫安大惊，回忆老人对他说过的话，知道这是黄鼠狼在讨封。百年的修炼，希望能够得到人的肯定而变成人。如果说不像，肯定会遭到报复。

于是说："像。"

话音刚落，就惊讶地发现自己站在了自己的面前。四下一望，发现自己站的位置，竟然是刚刚黄鼠狼站的位置。手已经变成了毛爪，身上也全是黄毛，才知道自己已然成了黄鼠狼，而黄鼠狼变成了自己。

想要说话，声音却如同鼠啾雀鸣。于是奋力与丁甫安搏斗，最终身负重伤，不知所终。

肥城丁甫安为我讲述。

野人婆

西南各地，都有野人婆的传说。人们也管她叫熊嘎婆，就是熊外婆的意思。因为事情恐怖离奇，所以通常都以为是假的。

野人婆的性格十分孤僻，不轻易和人来往，一个人住在山洞里，周遭山险林茂，杂草丛生，一般人找不到那里去。她虽然年纪大了，行动却很敏捷，在外面走远了，也能很快回到自己的家。

野人婆的力气出奇地大。

凤岗的李九宝，曾见过她单手提着一个穿兰花衣服的女人，就跟挎竹篮一样，显得很轻松。等九宝回到家，闻见一股腥味，见地上一片狼藉，孩子没了，妻子也没了。

都说是野人婆把九宝家的女人和孩子掳走了，只是那种兰花衣裳很常见，很多人都穿，所以九宝遇见时并没有在意。

野人婆善妒，喜欢在小路边恐吓、攻击别的女人，还把人家的手帕、衣物、鞋袜、枕头藏在洞里。

老人家们说，因为她终身孤苦，所以嫉妒家庭美满的人，进而要残害她们，再把人家的东西占为己有。她自己没有孩子，就抢别人的孩子。抢了又不好好养，喜欢小孩身上的香味，馋得直流口水，往往才过几天，就忍不住吃掉。

她最喜欢吃小孩的手指和脚趾，咀筋啮骨，发出嘎嘣嘎嘣的脆响。那些被拐走的小孩，很好奇她在吃什么，她说吃的是外公买的盐酥豆。

乡里人常拿这个故事吓唬晚上不睡觉的孩子。

学者杨郁达曾经对我说，所谓野人婆、熊嘎婆，听起来不像真的，然而确有其事。野人婆就是古人所说的熊羆，并不是真正的人。人们时常在清晨或黄昏的时候，瞧见她带着两个小孩远远路过。喊他们，他们也不应，实际上就是一只母熊带着两只小熊。

柳河东说："羆……至则人也，捽搏挽裂而食之。""羆之状，被发人立，绝有力而甚害人焉。"河东先生曾观察过羆，这种动物，又被称作"人熊"，可以像人一样站立，膂力绝伦，尤其喜欢吃人。而且往往是在人还活着的情况下进行的，通常从腿或胳膊开始吃。吃过人的熊罴，会觉得人类才是世间少有的美味。它们很快发现女人和小孩更加鲜嫩，因此很喜欢小孩和孕妇。

日本大正四年，北海道三毛别村，一头熊吃了很多人。遇难的多是女人和孩子，它还在洞里藏了不少女人用过的物品。

而中国熊嘎婆的传说，也就是人们对罴子的恐怖记忆，绝非好事者的杜撰。

除了熊嘎婆，还有虎外婆、虎姑婆。

明末清初，成都人丁百不存一。城邑、芜野，虎豹豺狼，横行无忌。城内有遗民数百家，每天都要遭受猛虎的侵袭。县下的遗民更少，有历经数十日，全县遗民都被吃掉的情况。

战后的富顺县，人烟断绝，虎豹豺狼，生殖转盛，昼夜群游，见人就扑。甚则突入墙体，钻窗穿户，残存的民众联合起来巡防，然而势单力薄，竟纷纷死于虎口。

顺庆、保宁二府，战后人烟也很稀少，而野兽繁多，以猪、鹿为食。猪、鹿不够，就要吃人。忽有群虎呼啸下山，"约千计"，进城游荡，入户食人。可能是亲历者受惊过度，口口相传，过分夸大了虎的数量，但老虎确实可以成群结队地出入。

历经天启、崇祯、顺治、康熙几朝的儒生欧阳直记载说，战后四川遍地皆虎，或七八只，或一二十只，跳楼越墙，游泳过桥，登船上屋。这样的事闻所未闻，后人就算听了也不会信。

到康熙年间，进士黄之隽写了《虎媪传》，其梗概如下：

一个小女孩带着弟弟到外婆家送枣子，路上遇见一个和蔼的老太婆。老太婆自称是他们的外婆，把孩子骗到了石屋。趁孩子睡着，吃掉了弟弟。小女孩醒来，发现情况不对，看出这个外婆是一只老虎，机智地逃脱，并将虎反杀。

这个故事，正是虎患带来的印记。古语云："仁义充塞，则率兽食人。"野兽横行于街巷，往往是人导致的，而不是野兽本身导致的。当有人对他人的苦痛充耳不闻，那么遍地都是野兽。这样的故事并不遥远，不可以不警惕啊！

段于淳

大理段于淳，睡梦中听到砖瓦碎裂的声音，红色的天光透过窗纸射了进来，又传来了孩子的哭声。

起床去看，望见不远处有个举着火把的巨人，正踩踏村里的房屋，所踏之处，瓦片横飞，砸伤了不少人。爷娘妻子，呼天抢地。

妻女吓得不知所措，段于淳对她们说："不要看了，赶紧走！"

拔开院门的门栓就跑，到了巷子里，不停拍打邻居家门，让他们也赶紧走。

回首去看巨人，那人已经踩累了，抪着腰休息了一阵，周围人知道巨人会听声音，刚才哭喊的也都不敢作声，生怕吸引到他，夜空中只飘荡着段于淳的呼喊。巨人听见了吵嚷，循声走来。这边的人们纷纷藏了起来，还有人跳进了沟里。巨人找不到人，于是跪在地上，把耳朵贴向段于淳家的屋脊，膝盖所压之处，又塌了几间房。

隔户的段启忠是个酒鬼，半夜被妻子吵醒，很不满意，大声叫骂。巨人听到邻居的骂声，耳朵挪过去，又将火把悬空贴近，把他家的院子照得如同白昼，藏在屋檐下的人也被照了出来。

巨人一笑，把脸抬起来。忽然，四周尘土飞扬，草木被吸上了天，原来是巨人往嘴里吸气。吸完，把嘴一拢，又开始猛吹。一股强大的气流吹到了火把上面，一时间狂风大作，大火顺着风扑到了地面，火焰铺开，急急往巷子和屋子里钻。于是民房都烧了起来，段启忠一家惨叫了一阵，就都被烧死了。

段于淳躲在段启忠家的厨屋，冲出来舞蹈，身上却没有着火，只是冒着浓重的白雾，原来刚才在水缸里，巨人的汗水滴到了他的身上，又被火烤炙，跳出来，身上的水就成了水汽。赶忙去找妻女，一片混乱，抬头便望见一只巨大无比的手，拇指和食指并拢，捏一根竹枪，原来巨人把竹枪当成了牙签，把烤熟的人串起来吃掉了。

段于淳抱着头鼠窜，躲进了墙缝里，趁着巨人吃串，在大火中寻人，又不敢往房子里钻，外面也看不清路，四下全是屋瓦掉落和炸裂的声音。脸和手已经烧伤，也没找到妻女。

吃完段启忠一家，巨人又盯着巷子观察，发现了躲在石磨下的段于淳。

刚要伸手捏他，旁边来了两个巨人，性情比原先的还暴躁，把还没有倒塌的房子全部踩扁，将村庄夷为平地，说了几句让人听不懂的话，就和刚才的巨人一起走掉了。

段于淳趁乱跳进井里，第二天清晨才敢出来。除了被吃掉的，村里人要么被埋，要么被烧，已经没有活口了。

段庄很偏远，段于淳走了一整天，才走到县衙，向县官说明情况。县官不相信天底下还有这种事，然而见段于淳说得那么生动，就派人前去查看，发现村庄果然被毁了，可他们非上报说是山里发了地震，把二百余户人压死，只剩了一个段于淳。重建已经没必要，索性把他安排到别的村里去，拨给他七亩地。

段于淳附籍在别的村，很多年后，续娶了一个叫明梅的女子，先后生了四个儿子，三个女儿。一个比一个矮小，最后一子和小猫一样大。

某年三月三日，段于淳带着全家去看庙会。离庙还有三里，碰见了一条以前从来没有见过的河，像澜沧江一样宽广。河上没有桥，把行人都给挡住了。

听住在附近的村民说，昨夜大地震动，以为是地震，跑到院子里，却望见两个巨人，在夜幕中拿着巨锹，挖通了南涧和巍山河，所以就在这里形成了一条新运河。大家听了，都不相信。

只有段于淳大惊失色，挥舞着皮鞭，赶着毛驴，急急往回走。

妻子和儿女很奇怪，七嘴八舌地问他怎么了。他急躁地说："都给我住嘴！等给你们解释明白就晚了！"

果不其然，车子刚走了一射之地，就听还停在河边的男女老少乱叫起来。一个嗓门特别大的妇女惊叫道："那是什么啊？"顺着手指的方向望去，后山蹿出一个行动十分敏捷的巨人，模样如同人类十一二岁的少年，脖子上挂着银色的项圈，手持一柄钢叉。很快就抵达人群附近，见人就插。

一时间哀号连天，段于淳的妻儿也惊叫起来，段于淳又让他们闭嘴，趁乱把车藏在了林子里，全家人因此逃过一劫。亲眼看见小巨人把插过的人挨个装进一个布袋，把布袋口的绳子一拉，收紧，悬挂在腰间，哼着曲走了。

鉴于以往的经验，段于淳没有报案，而是举家搬迁到了更为偏远的保山，经常对家里人说："要不是我，能有你们的今天吗？"

段于淳是云南人，我听说那里的人喜欢吃蘑菇，有些蘑菇会让人产生奇怪的幻觉。像段于淳这样的，每年都有很多。只是没想到威力这么大！

南宋状元王十朋在夔州为官，发现川滇的山民都嘴馋，很多人乱吃蘑菇中了毒，有些就像段于淳一样，可是更多的却昏迷不醒，乃至丢了性命。于是发布政令，劝大家不要再乱吃了。如今已经过去九百年，不知道当地的百姓听劝了没有？

喉中人

淮南陈昱宁，喉咙里总感觉有痰，却咳不出来，咽不下去，如同棉絮塞在里面。每说完一句话，就要清一清嗓子。清完后还是不舒服，会发出嗡嗡嗡嗡的声音。

起初没当回事，渐渐地，喉结旁边就隆起来一个肉瘤，长成馒头大小。嗡嗡的声音也日渐清晰，竟是学他说话。他说一句，里面就学一句。

陈昱宁非常厌恶，又怕别人笑话，索性闭口不言。乡里的郎中看后，也不明所以，问他最近吃了什么奇怪的东西没有。陈昱宁说没，孰料喉咙里面居然不再学话，而是把话强调了一遍："真的没吃过！"

在座的其他患者听见了，还以为是陈昱宁自己说的。等陈昱宁又说了几句，才发现他的嘴巴其实是闭着的，觉得确实奇怪。

陈昱宁说："这就是我的毛病。"

喉咙说："快给我治治!"

郎中没什么把握，不过还是开了药：芒硝、菖蒲、艾叶、雄黄。

没想到喝了药后，那东西愈发兴奋，尤其喜欢阴雨天，一下雨就唱歌。陈昱宁不胜其烦，闭门关窗，塞上耳塞。

他的媳妇李怜是个乐观的人，认为与其当缩头乌龟，不如把坏事变成好事，学一学城里瓦子的把式，为人表演节目。李怜的父亲是卖老鼠药的，她跟着学了多年，能说会道，赶集的时候，让陈昱宁当众表演不开口就能说话，果然让丈夫出了名。几个月后，举家搬到合肥，请亲戚帮忙引荐到瓦子里表演。

靠着不张嘴就能说话的本事，陈昱宁名噪一时。然而舍主给的实在太少，就辞去工作，在街上自己说书。喉咙里的东西都很配合，编纂的对话非常有趣，来听笑话的越来越多。

市井无赖黄昌明，和朋友打赌，非要揭开陈昱宁脖子上那颗肉蛋的秘密。假意请陈昱宁吃饭，陈昱宁推辞不过，只能赴约。席间，一群人让他表演双人对话，陈昱宁演了一出《好兄弟》，众人都鼓掌叫好。纷纷上前敬酒，等他醉后，把他抬到地上睡觉。

黄昌明拿了个小刀，将陈昱宁脖子上的皮肤割开，从肉蛋里面挤出来一个带着血丝的痰块，里面如同蛋清一般，清洗过后，发现竟有一个巴掌大小的白人，和陈昱宁长得一模一样，光着身子在里面沉睡。眉目口鼻，分明可见，还有几缕头发。

黄昌明很害怕，又怕狐朋狗友笑话，于是壮着胆说："索性给他把羊水破开！"于是剖开痰包，里面那个小人见了空气，手足扰动，仿佛醒了酒，突然睁开眼。看见黄昌明，愤怒地说："瞧你干的好事！"把胸膛一鼓，朝他射出一口黏液，正好滋在脖子上。随后哇哇地哭，也就一顿饭的工夫，便死掉了。

陈昱宁被送到医馆缝了几针，养了半个月就好了。他们本来就与医馆的大夫交好，事后按照媳妇的计划，一起赖在那里当学徒，最终留在了医馆。一个学习按跷之术，一个负责抓药。

而黄昌明被喷了以后，脖子上奇痒无比，抓挠了几天，便长出来一串瘰疬。长至鸡蛋大小，也开始有了动静。起初学黄昌明说话，后来开始自说自话，口音却和陈昱宁一样。黄昌明烦躁懊恼，他们就说："这是好事。"每当躺卧睡觉，就纷纷说"挤"。黄昌明很生气，要把他们剖开，都尖叫着说："不可以！"

黄昌明气急败坏，忍着剧痛把他们挨个放出来。只见陈昱宁样子的小人，一个个在痰液里挣扎，没等黄昌明把他们扔掉，就都用手破开痰液的表膜，露出雪白的身体，奋力朝黄昌明身上喷水。黄昌明为方便解剖，袒露胸背。猛地被喷，来不及躲闪，脸上和胸膛沾满了黏液。慌忙脱掉裤子，跳进水缸里洗澡，结果夜里全身都开始瘙痒。不久后，每一块肌肤都长满了瘤子，逢雨天就开始唱歌，跟蛤蟆叫似的。

蠛蜢

胡崇秀宿醉，误入响螺县蠛蜢村。

村里的人都住在洞穴中，把洞穴打扮得很温馨，枕席绣着鱼虫花鸟，桌椅玲珑小巧，四周满是各式各样的精美器具和泥人。墙上有槽，放着精装的书籍。村民穿紫红长袍，梳牛鼻发髻，用一根短短的筷子插着，把头发、胡须都染成白色，举止温文尔雅，颇有古仁人的风范。

他们礼貌之至，遇见桥墩都要作揖，还要对桥墩说："有礼了。"

可人与人相遇，却不行礼，甚至故意把脸抬起来，装作什么都没看见。

胡崇秀遇见了几次，拦住一个抬脸不高的村民问："为什么这里的人都抬着脸呢？"

看来者穿着，听来者口音，都是外面的，村民道：

"真是奇怪啊！活这么大年纪，从来没有见过有外人，您到底是怎么进来的呢？"

胡崇秀说："我也不知道怎么就进来了，莫非这里是陶渊明所说的世外桃源吗？"

村民摆摆手笑道："不是的。"又说："天色已晚，既然来了，就先住下吧。"

把胡崇秀领到自己的家里，用红泥小火炉和白霜一样颜色的木炭煮了一碗解醒汤。胡崇秀喝下后，果然清醒了许多，便躺在床上睡着了。

第二天才想起问人家的名字。村民名叫彭甘孩，没有父母，也没有子女，在村中心的摩天木塔做木工。问年纪，执意不说，还叮嘱胡崇秀："这样问就唐突啦！我们这里从来不许问别人年纪。"

胡崇秀问："为什么啊？"

彭甘孩说："我们都不和年龄比自己小的人说话。"

胡崇秀更是不解："那又如何知道对方年龄比自己小呢？"

彭甘孩说："所以啊，我们从来不问别人的年龄。这就和蜻蜓村的人差不多，他们也从来不和水平不如自己的人交朋友。"

胡崇秀说："哦，子曰'无友不如己者'，倒是可以理解的，但是不和年龄小的人说话就很奇怪，亲人也有大有小，又该怎么交流呢？"

彭甘孩说："所以我们不结婚，也不生孩子，就没有亲人。"

胡崇秀反问："那你又是怎么来的呢？难道不认识自己的父母吗？"

彭甘孩指着远处插天的木塔，从容说道："那里面有个老母，每年一窝，一窝生出上万个，因此大家都是一个辈分，不分长幼。不过说起来我们中间也有不负责任的，生出来的子女，天然低人一个辈分，大家都瞧不起这种人。"说到这里，情绪竟有些激动，"低龄者和高龄者住在一起，就和鱼眼混在了珍珠里一样，难道不是僭越吗？难道不知道羞耻吗?! 不过，这倒是催生出了另外一个办法：母女分爨，父子别居，这种人生了小孩，就把孩子放逐到村外去。"

胡崇秀震惊不已："初生的婴孩就舍掉了？能活下来吗？"

"不一样。我们这里的人，出生以后就会爬，况且村里面都是德高望重的，为了种族的延续，即便不愿意和低龄人说话，也愿意拿出食物放在门口。一到饭点，小孩们就从村外过来，捡门口的食物吃。"

胡崇秀听了，心中不悦，想要离开这个地方，辞别道："谢谢您昨晚的收留，我是误闯进来的，现在确实要走了。"

在村里走着，就有穿着大红袍的司晨，在巷子里摇着铃铛。听见铃声，村民纷纷走出家门，朝通天木塔走去。彭甘孩也跟着一起上工了，和工友彼此不说话。

彭甘孩走到村外，一片芦苇荡里，立着几个草棚，芦花轻飘飘的，在草棚前浮着。从草棚里跳出来几个脸上抹了泥的小孩，叽叽喳喳地闹，到路上，就朝他这边奔跑。路过胡崇秀时，停下来恭敬地作揖。

胡崇秀问："你们是谁？要到哪里去？"

孩子们见居然有大人向他们颔首致意，受宠若惊，争先恐后地回答："去村里！去吃饭！"

胡崇秀说："我刚从那边过来，你们都是村里的小孩吧？"

都说："对啊！对啊！"又说："不对！不对！我们是村外的小孩！"

原来他们就是被放逐的孩子。

胡崇秀又问："为什么都把脸涂黑了？"

孩子们说："这是我们族人的规矩，成人之前，绝对不允许露出本来面目。长大后，独自去河边洗净，就可以回村定居了。"

有个五六岁的小孩，一直喊他"老爷"，他摸着小孩的头说："管比爸爸年轻的人叫叔叔就好了。"小孩立即喊："叔叔！"又从肚兜里掏出一块饴糖送给胡崇秀，说是很久以前甘孩叔送的，一直舍不得吃，就送给远道而来的客人吧。胡崇秀推辞不过，只好将饴糖收好，说："你们快去吧！"于是孩子们相互呼唤着朝村口走去，胡崇秀也继续赶路。

胡崇秀望了很久，感觉自己好像也并不如这群小孩快乐，却又不愿意变成这里的成人。正欲走，从草棚里出来个老头，和小孩一样，头面不仰。低头看着一卷经书，胡崇秀认为这位肯定是个先生，于是上前请教："老先生，您知道经十路怎么走吗？"

老人迟疑片刻，眯着眼说："你说的那个地方好像不在这里啊！"

胡崇秀说："对啊。我也很奇怪，以前根本没听说过响螺县，也没听说过蝣蜞村，不知道怎么就走到了这个地方。"又指着木塔问："全村的那么多人，都在营造那个木塔，那个木塔到底有什么用啊？只是造木塔，这里却撂荒，没看见有人种地，人们的钱帛衣食从哪里来呢？"

老者微笑道："你问到点子上了。这里的人冒认彭祖为始迁祖，完全按照年龄论尊卑，所以迁居过来，一开始都喜欢虚报年龄，到后来连彭祖的寿命都要鄙视。于是族长规定不许村民暴露年龄，违反者根本没办法在这里待下去。至于钱帛衣食，当然是把暴露了年龄的人卖去外面做苦力得来。"

胡崇秀吓得汗流浃背，喃喃自语道："幸亏我没有暴露年龄！"

老头说："你不用慌，你不是我们村里的。不管你从哪里来的，我都设法送你回去。"

说完，拿着手里的书脊晃动书本，书页上的字芝麻似的掉在地上，像长了脚一样，排成几队，从胡崇秀的脚面爬进裤腿。过了一会儿，又从前臂钻出来，在他的皮肤上排成古怪的图案。胡崇秀被托着飘了起来，到了木塔上，靠近柱子落定，立即有人把他绑起来，那些字就爬上了四肢，变成锁链，将他锁住。还有的爬到木柱上，竖着写成一段文字："二十五岁老寿星长眠于此。"

抬头却看见彭甘孩，拿着一柄大刀过来，怒道："为什么跟人说你的年龄！"胡崇秀嚷道："我没有啊！"刀已经到了脖子上。

胡崇秀大惊而醒，浑身都被汗水浸透了，发现躺在河滩上。滩涂爬过几只蝤蛑，感觉饥肠辘辘，检查一遍，身上的东西都没有丢，想去吃个早点。揣兜摸手机，手机下还有一块饴糖。便把饴糖吃掉，挎着包离开了。

豆先生说，人们有情无情，朋比陌路，和蚰蜓是差不多的。只不过和蚰蜓相比，更善于伪装罢了。《菜根谭》言："面上扫开十层甲，眉目才无可憎。"蚰蜓本是天真烂漫的孩子，却因为天真烂漫而受到了很深的伤害，于是披上了厚厚的盔甲。他们不敢轻易快乐，也很难被取悦，嫌弃比不上自己的，面对胜过自己的又很自卑。盔甲越穿越厚，自卫的同时也锁住了自己。胡崇秀能逃离那个地方，真的是万幸啊！

五通神

柳州女韩杏儿，十三岁嫁给县民周正，一直不受周家人的待见。小姑子周青最不讲理，每天盯着她的一举一动，唯恐她偷吃什么东西。

腊月里，韩杏儿与婆婆炸鱼，每次用笊篱把鱼捞出锅，就会被周青端走。吃不上鱼，只好吃糙米，糙米难以下咽，就拿调羹舀了点糖放进去。被周青发现，一把夺过饭碗，扔到外面去。洗茶具的时候，不小心打破了一只茶碗。婆婆也在厨房干活，看见之后，重重地将碗筷放下，回到屋里生闷气，气不过，便朝外头嚷："家里的东西不值钱吗?"周青听了，立即明白韩杏儿又败坏了家里的东西，跑去厨房叫骂。

周正那几日被叫去出夫，在工地上被夫头欺负，受了一肚子的气。回家听到妹妹叫骂，不问缘由，怒喝韩杏儿，让她跪下，操起扫把打了媳妇一顿。后来明白是茶碗的事，才宽慰两句。

韩杏儿见丈夫有了心疼的意思，就为自己辩解，结果迎来的是更狠的毒打，还说她给脸不要脸。只好忍气吞声，按照丈夫的指示去给婆婆和小姑子道歉，表示明天就再买两个新的补上。她嫁妆不多，钱也都花在周家了。娘家更是指望不上，巴不得她在夫家丢命，好打人命官司。又希望她丈夫能死，这样就能通过让她改志再赚一笔。

哭着跪着道过歉，韩杏儿回到房里，周正已经入睡，鼾声如雷，震得她无法入睡，辗转反侧，默默饮泣。

想着天亮以后就跑，却没想出好去处。回娘家，肯定又会被父母羞辱。躲在外面，没有认识的人。如果随便去个什么地方，十有八九会被人贩子拐带到更加穷僻的所在。直想到后半夜，只发出一声长叹。

过三更，看见窗户外面橘红一片。以为着火了，喊周正起来，叫不动。只好自己开门查看，赫然看见一个身材魁梧，穿着锦绣衣衫的青年男子，举着火把，站在中庭，体态风流，俨然戏里出来的人物。吓得她不敢出去，又回首叫周正，依旧叫不醒。等回过头，男子已经迈着阔步走了进来，竟把火炬插在墙上，对着韩杏儿款款施礼："来请小姐做客。"

说完，做出邀请的样子。韩杏儿惶恐至极，可是想到这么多年来根本没得到过尊重，如今就算被陌生人抓走又能怎么样呢？于是整理妆容，盘起头发，跟着那人走了。

　　问道："是谁请我？"

　　那人温柔地说："就是我，王垚，外间来的。"

　　韩杏儿道："我不认识什么外间的男人。"

　　王垚说："现在就算认识了。"

　　说罢，竟把手伸过来，拉着她走。韩杏儿的小手被温暖柔软的大掌实实地裹住，想要挣脱，被攥得更紧，臊得脸面发烫。索性不再努挣，把眉眼低着，只求不要被人看见。那人的身上散发出一股沁人心脾的芬芳，说不上来是什么味道。趁机瞥了一眼，见他眉目俊秀，英姿飒爽，心都要跳到嗓子眼了。

　　出了门，一顶红色的轿子在路边等着，旁边站着两个脚夫。见韩杏儿来，便弯腰，压轿。王垚为她把帘子掀开，请她进去。坐定，发现轿子里面也透着和王垚身上一样的香味，肯定是王垚来时乘坐过了。轿子前面挂着一盏琉璃灯，才一起轿，就从轿顶掉下来几个栩栩如生的木偶。它们被机关带动，向韩杏儿施礼，随后竟有个人偶报幕，先后为她表演了《倩女离魂》与《步摇》。

　　两出戏后，暂停歇息，掀开窗帘，见两面都是明黄色的墙，宽阔的石板路延伸到很远的地方。她也出门买过菜，并不记得附近有这样的地方。走到路的尽头，有三重楼。穿过高大的门洞，又是一条路，路的尽头，又有三重楼。如此九遍，终于抵达一片竹林。竹树参天，每一棵都有瓮口粗。林边挂着一轮明月，月亮之下，有个五重方楼，方楼下是一湾水塘。月光透过云烟，把方楼照得清晰可见。

过池上的曲廊，轿子停了下来，韩杏儿下了轿子，被引着走进楼里。进门，有个一丈宽的翠屏，刻着飞练流水，绕着碧玉藤萝，藤萝上挂着大大小小的葫芦。地砖是白色的玛瑙，中央有个兽炉，燃着瑞脑香草，发出不同于王垚身上的香气，依然令人愉悦。间与间有珠帘，浅绿间白，不疏不密，似水中空游的白虾、小鱼。正厅最里有个床榻，前面有个茶几，玉盘珍馐，都是乡里不曾见过的。

王垚问："饿了吗?"

韩杏儿怯怯地说："饿了。"

王垚请她坐下，让她尽管吃。又为她沏了一壶清茶，从一个玉白色水瓶里倒出冒着热气的水，进一只小小的白鹅状的壶，再从鹅嘴里把茶水倒进茶盅。递给她说："就当在自己家。"韩杏儿苦笑道："在自己家也不能随意。"王垚笑道："总之不必紧张，你不拘着，我也能自在些。"

韩杏儿便自饮了几杯，又吃了些肴馔，吃喝毕，有个婢女拿来薄荷和野菊花味的漱口水，请韩杏儿漱口，手上端着一个瓷坛，可以把水吐在里面。帘后有一方磨得锃亮的明镜，一个能自出水的管子，过去一碰，就出温水，台案上有杯子和胰子。多数东西韩杏儿根本就没见过，王垚为她一一讲解，还把杯子里的小刷子拿出来，沾上牙粉，说这就是牙刷子，让韩杏儿刷牙。刷完牙，又让一个老婆子引她洗浴。洗出来一缸灰水，又冲了一遍，才发体香。等用浴巾擦干身体，发现脱在旁边的旧衣服没了，原来是被老婆婆拿走了，在门口放了全新的鞋服。穿上以后，都很合适，而杏儿神采，焕然一新。

不知王垚去了哪里，只有老婆子在一边伺候，请她上座打扮。

韩杏儿问："王垚呢？"

回答说："土大人更衣去了。"

问："土大人？王垚还有个绰号叫土大人吗？"

回答说："是啊，不知道夫人识字不识字。王垚的'垚'字，是三个土字堆在一起的。我们这个地方，就是乡间传说中的五神殿，也叫五通神殿。神有五个，刚才接您的就是五公子，土神。他上面还有四个哥哥，金神王鑫，木神王森，水神王淼，火神王焱。"

韩杏儿问:"带我来这里,是要我嫁给他吗?"

老婆子笑说:"可以。他不会强让你嫁他,要先看你是否愿意。你中意土大人,那就嫁给土大人,不中意就不嫁。他们兄弟五个,都是一表人才,你不满意土大人,其他大人也随你选。中意四公子,就嫁给四公子,中意二公子,就嫁给二公子。"

韩杏儿说:"王垚就很好了!"羞得捂住了脸。

正说着,王垚回来了,已经换了一身大红衣裳,是新郎官的打扮。见了沐浴更衣过的韩杏儿,高兴地说:"没想到更漂亮了,真是好啊!"

拉着韩杏儿的手到楼上,见过王森、王淼、王焱,果然一个个都很俊朗。然而韩杏儿的心意已经全在王垚身上了,几个人邀请她和王垚一起玩叶子牌,最后是她与王垚取胜。

喝了点酒,辞别三神,就被王垚领到了东南一间屋子里。也是金碧辉煌,里面有一张象牙床,她被王垚抱起来,放了上去。王垚刚凑上来,韩杏儿已经哭了。说自己已经嫁人,配不上土大人。王垚却不管她说什么,松下帷帐,颠鸾倒凤,极尽鱼水之欢。

韩杏儿起初还捶打王垚,这时候抱着王垚不肯松手。因为太累,很快就睡着了,从没睡得那么香过。可是,一觉醒来，还是在自家的破屋里。身边睡着的依旧是鼾声如雷的丈夫，屋里照旧一股汗臭，只听周正吧唧几下嘴，突然吼道："你给我跪下！"吓得她跪在床上，等了一会儿，周正没反应，才知道说的是梦话，泪接着又出来了。

韩杏儿期待王垚再来找她，然而望穿秋水，也不见王垚的踪影，不免大失所望。

不久后，周正在地里翻土，刨出来一坛金银。靠着这坛金银，成了乡里有名的富户。

周正的妹妹周青风光出嫁，婆婆也对家里的状况非常满意，对韩杏儿的态度变得和蔼起来。只是韩杏儿不见好过，相思成疾，时不时就掉眼泪。见媳妇日子好了也不高兴，婆婆并不见怪，反而劝韩杏儿不要苦着一张脸，让人看了笑话。

一天，想带韩杏儿出去散散心，到庙里祈福。那个庙里供奉的正是五通神。

听说县里竟然有个五通神庙，韩杏儿精神振奋，将自己浓妆艳抹，与婆婆一起到庙里去。

烧香祈愿的人挤满了堂前，青烟弥漫松柏间。前来拜神的，一半都带着自家的媳妇，都和韩杏儿一样打扮得花枝招展。前面磕头的人念念有词，都说"五通神降临我家"。轮到她们进去，果然看见堂上供奉着五尊石像，中间的土神与王垚很相似。

没等韩杏儿难受完，婆婆就跪下，虔诚叩首，顶着蒲团，双手贴在地上，与此同时，激动地说："感谢五通神为家里送财，老妈子领着儿媳来看你们啦！"拽着韩杏儿也磕头，还让她站起来转几圈，又跪下，教她说："再来看看我吧，我随时恭候大驾！"

韩杏儿失魂落魄，稀里糊涂地照着做。拜完，婆婆还想再拜一遍，被等在后面的人催促咒骂，只好走了。

庙外面已经是个集市，韩杏儿被领着在棚子里吃芋头糕，吃不下去，被婆婆吃了。听别的桌上的人谈论，才知道了五通神的传说：

柳州原就有拜五通神的习俗。五通神好色，却肯散财。性格很怪，不喜欢闺房中待字的处女，就喜欢已经结了婚的少妇。因此人们投其所好，请五通神与家中的女眷私通。如果能让五通神满意，过不了多久，家里就会得到价值不菲的财宝，而且没有什么后患。

韩杏儿听了，更如五雷轰顶，这才明白为什么王垚会到家里去接她，又为什么会做那种事。呆得如同木鸡，她的婆婆见她这样，嘴里嚷嚷着："都这样。"于是知道婆婆也并不是第一次来，她早就来请过五通神，因为媳妇被临

127

幸，所以家里才得到了真金白银的馈赠，便期待更进一步，换更多的银钱。

韩杏儿羞愤难当，压低声音，质问道："为了那点钱，不顾廉耻，出卖儿媳，世间有这样没脸没皮的人吗？"

婆婆反而比她有理："多高贵的人，瞧不起'那点钱'？这里的人全都瞧得起！别说是女的，就是男的，只要是五通神喜欢，当他的契兄弟也使得！"又反问韩杏儿："我倒是有句话想要问问，不是你把五通神伺候得那么舒服，他怎么会赏家里那么多钱？当人家的儿媳，和外男私通，与外男交欢，还得相思病，究竟是有廉耻还是没廉耻呢？你多年不能诞下一儿半女，已经是大不孝的罪过了。和外男苟合以后，失魂落魄，一点家务也不做，我知道你也不易，责备过你吗？"责备完，语气又变得缓和，"当儿媳的不容易，我比你更清楚。在家里受气，这不要紧，大家各让一步，就总能和睦。要紧的是能在五通神身边伺候着，你去伺候想伺候的人，我又不怪你，只请你不要反过头来说别人的不是就好。"

韩杏儿听罢，心如死灰。到了家中，家人张罗着，陆续买来许多好看的衣服给她穿，好东西都给她吃。然而苦痛难熬，渐渐形容枯槁，人不像人，鬼不像鬼。

过了半年，朝廷突然下令禁绝淫祠，主要就是针对五通神。州官徐胜到任，想要做出一番业绩，亲自带人把五通庙给毁了。那些受过五通神贿赂的人非常愤恨，都说一定是因为徐胜长得太丑，嫉妒五通神的美貌，才把人家毁掉。

神庙被毁后，周家再没得到过金银，逐渐恢复了以前对韩杏儿的态度。家里鸡飞狗跳，韩杏儿也总挨打，去世的时候二十三岁。周正在她死后又娶了一个。

五通神的崇拜确实存在过，通常，庙祝会挑选千万香客中的一个作为幸运者，把一部分香火钱送出去，并大肆宣扬，每年都会产生一些确实得了钱财的香客，如此就能保证香火连绵不绝。

人们把财富当作幸福的根本，又不愿意去取不义之财，就以为是善良的本心导致了生活的穷困。然而曾子曰："富润屋，德润身。"穷与困的关联不是必然的，有穷而不困者，也有困而不穷者，有既穷且困者，也有不困不穷者。

财富可以装点房屋，德行可以愉悦身心，它们并不是势不两立的。只是不可得兼时，人们总会有所取舍。富贵强求不来的时候，最好不要再陷入精神的困境。

柠檬精

灌县李卫芳，傍晚下工回家，看见一个人，冬瓜一样吊在一棵柠檬树上，躯干和四肢都裹上了丝绸，脸上也有一层薄薄的蚕丝。

还以为是个吊死鬼，吓了一跳，大着胆子问："什么东西？"

那东西突然睁开了眼，眼里透出红色的幽光，"叭"的一声从树上掉下来，肩膀以上的丝留在树上，好像悬空的壶盖。落地以后，稳稳站住，背着手，样貌甚是狂悖："首先介绍一下你是哪里来的？"

李卫芳被问蒙了，疑惑地说："安龙。"

又问："干什么的？"

李卫芳知道遇上了妖精，看他身材魁梧，打是打不过的，只能先稳住他，于是继续回答："做盆景的。"

那东西对李卫芳有问必答的态度非常满意："好啊！好！你是个下力的技工。只是还要说说，你做的盆景和我比怎样？"

李卫芳不知道他为什么要这么问，一株盆景和一个人怎么比？

只好如实相告："没法比。"

那东西便指着柠檬树道："看。"

李卫芳有些慌乱，知道这是遇见柠檬精了，便说："这棵树粗壮，盆景很小。这棵树结的果子大，盆景结的果子小。"

那东西听得很得意，等李卫芳说完，还让他继续说。

李卫芳只好继续添油加醋："它们生长的环境不一样，这棵树是野生的，盆景都在暖房里。暖房虽然温暖，但是费炭。"

正说着，柠檬精从嘴角流出两行清涎，低头沥了一会儿，抬头拿幽红的眼睛盯着他说："哼！住暖房的草木，生活安逸，不耐寒湿。把暖房撤了，马上就会冻死。"

李卫芳的马屁没拍对，知道面对柠檬精，只能夸赞，不可以说出任何让他不满意的话。说盆景生在暖房，就会让它生气。便虚伪地赞道："确实是这样的，盆景根本没您厉害！从姿态来说，它们都是病态的，您是自然的。从性情上讲，您是如此优雅高贵，飘飘乎遗世而独立。那些盆景，只不过是别人的玩物罢了！"

柠檬精便又改了颜色，点着头表示满意："你这个人真的很会说话，懂得欣赏世间最美妙的事物。不如留下来伺候我吧！"

李卫芳怕被柠檬精扣留，慌忙摆手说："不行，我家里还有点事。"

柠檬精的要求没得到满足，又作色道："让你留下来是瞧得起你，希望你不要不识抬举！"

李卫芳恐慌之极，想着找过路人一起把柠檬精制服，可路上并没有其他人。便拱手说："在下学识浅薄，实在没有资格伺候您这样的神人，给您提鞋都不配。愿意和您一起等下一个过路人，问明他的身份，如果他比我强，就让他来伺候您。下一个不行，就下下个，总有一个可以为您端茶倒水。您觉得怎么样？"

柠檬精被夸得高兴，当即同意了。站在路边，和李卫芳一起等下一个人的出现。

直等到圆月东出，终于望见一个衣衫褴褛的农民，扛着锄头过路而去。李卫芳叫住他，问道："嘿！哪里来的？"

回答说："艾家。"

"干什么的?"

"种地的。"

"结婚了吗?"

"孙子都八岁了。"

正问着,柠檬精的嘴里又流出了涎,捂着胸口,扶着树沥了好一会儿,起身道:"婚姻是爱情的坟墓,有娃不一定幸福。"

李卫芳奉承道:"对对对,不一定幸福。"

柠檬精又补充:"很多儿女不孝顺,经常打老人。"

李卫芳为他注释:"对,有打的,我见过。咸丰年间,后庄有个老头,生了五男三女,没有一个孝顺的,最后活活饿死了。"

说完,竟和柠檬精一起,得意地望着老农,看他面对铁证,如何反驳。

老农很是犯恶,本来就觉得这个两个家伙不像人,此时大喝一声,撩起锄头就朝最怪的那个打去。只听一声惨叫,柠檬精就倒在了地上。

又要打李卫芳,李卫芳忙让他停手,诉说自己被胁迫的经过。老农便放下了锄头,但见柠檬精在地上抽了一会儿筋,就有蝎子一样的白虫从七窍爬出来。每爬出一股,柠檬精就瘦一圈,直至上万只白蝎上了树,地上只剩下一套衣物。

李卫芳问:"这是什么东西?"

老农说:"这是妒虫,长在柠檬树上,因为常年吞酸而成精,戾气很重,合并起来的东西,叫做虫母,很厉害,和它扯淡也会传染。"

李卫芳感慨道:"没想到一个种地的竟然懂那么多,识得'扯淡'的典故。"

老农说:"早先是在县里进过学的。"

李卫芳年轻的时候,读书不中用,做童生考课总是下等,没能入泮。听了这话,未免伤感,觉得对方是在讽刺自己,心里有点慌乱,却强作镇定地反击道:"既然进过学,也算是士人了,怎么还穿着这样的破衣烂衫下地干活呢?可见你说的不是真的。"

老农摇头道:"本来想救你,奈何你中毒太深。你襄赞柠檬精的左右,是被胁迫,夸赞他也不是出于真心。但你深受他的影响,问出刚才那话,却是心甘情愿的!妒虫这东西,真是沾上就完了!"

说完就走了。

老农走后,李卫芳有点恍惚,觉得自己很不赖,又不肯承认生气是因为嫉妒,认为自己刚才的质疑很有道理,对方只是在顾左右而言他,没有正面回答问题。又想起进学的事，想得身上燥热难当，摘了一颗柠檬解渴。只觉五脏六腑被什么东西撕咬，脱了衣服，在地上打滚。等凉快下来，从鼻孔钻出几只嫩嫩的妒虫，并作斗大的白蛛，将他缠住，吊在了树上。

吃字怪

邓中篱在后石坞砍柴，看见两个花生大的小人在树上攀爬，惊讶之余，挥斧砍去，小人就消失了，只留下两道一拃长的墨迹。

邓中篱眼神不好，眼前时常浮现黑花，怀疑刚才看错了，但墨迹依然。绕着树走了一圈，树的根部有一个拳头大的洞，里面趴着一只小老鼠，尖嘴圆鼻，没有尾巴。见到邓中篱，就爬到他的脚背蹭，十分温顺。于是带回家养了起来。

山上的道士说，这是吃字怪，可以吃掉豢养者指定的字词。

靠着这样的方法，邓中篱从虮虱满身的樵夫，变成了资财丰厚的财主，在山下置了几百亩地，起了三进院，娶妻纳妾。只是妻妾都不能生育，道士又说，这就是吃字怪的反噬，给他画了个符。焚后用水送下，很快，四房就为他生了一个儿子，取名文坚。

邓中篱老来得子，对邓文坚的事很上心。奈何邓文坚不争气，学习成绩很差，到县城上初中，排名也是倒数，学什么都很笨。邓中篱虽然没上过学，可就算是以前当苦力的时候，也自学了不少东西，连庙门的对联都认得。父子的智识差距如此之大，让邓中篱非常郁闷，经常怀疑孩子不是亲生的。

又无可奈何，于是设法舞弊，让儿子上了齐鲁大学，计划毕业后就让儿子做官，再同果威将军的侄女完婚。

邓文坚在家拘束，处处受管，没见识过真实的世界，刚到省城，就被几个浮浪子弟引诱，逛了堂子，抽了鸦片。把生活费花光后，就以各种名义骗人，同学们都不理他。他的堂弟邓文明到省城办事，顺道找他，听人说了这事，回家就把情况告诉给了邓中篱。

邓中篱勃然大怒，让邓文明带人把邓文坚拉回家戒毒，请了两位先生，天天让他念书。然而邓文坚已经见识了花花世界，一心求玩，一点都学不进去，还故意跟老师作对。先生教不下去，当月的钱都不要就走了。气得邓中篱把邓文坚锁在房里，不让他出来。

一天，屋里传来一声大叫，紧接着出现骂人、砸东西的声音，继而又是惨叫，非常凄厉。

家人赶忙去看，发现邓文坚已经昏了过去，叫醒后神志不清，嚷嚷着见到许多小人从肚脐眼里爬了出来，还揪着他的衣裤往上走，就和爬山的徐霞客一样。徐霞客们在他的嘴巴下头说了些什么，相互帮扶着，打着灯笼从他的鼻孔钻了进去。

邓中篱请道士看，道士说还是吃字怪的反噬，摆坛唱了半天。

果威将军听说邓家的儿子抽大烟，又害了疯病，找借口辞了亲。邓中篱愈发懊恼，指望新纳的妾能再生一个，却始终没有动静。

一天夜里，邓文坚又开始发疯，披头散发地跪在地上，抠自己的嘴巴，还说刚才哕出几个徐霞客。徐霞客跳到地上，轻巧地从门堑下角爬到外面去啦。家里人不信，急得他跳起来，大喊着追了出去。

这时候，邓中篱想起了什么，上阁楼把门打开看。门吱嘎开后，一个老鼠模样的东西从上面跳下来，落到了疯跑的邓文坚身上，伸出三寸长的舌头，舔了一下他的脸，随后跳走了。

紧接着，邓文坚的胸脯兀兀地跳动，如同被石头狠狠夯了几下。从嘴里喷出一柱墨水，喷完以后，晕倒在地。

家人把他扶回屋里，睡了好几天，从那以后，他就再没犯过病。

邓中篱以为儿子的病痊愈了，让他复学，等毕业了，贿赂当局，让他进省府工作。然而上司和同事都不喜欢邓文坚，时民生凋敝，战火频仍，邓文坚志大才疏，常常感慨时局，讽刺同僚，为此与上司发生了不少矛盾。勉力维持了一年，就辞官回家了。

邓中篱嫌他不中用，说话的时候阴阳怪气，父子的关系更差了。邓文坚一腔热血无处挥发，郁闷至极，在父亲面前破罐子破摔。不久之后，又招徕了一帮游手好闲之徒，引为知己。这帮人撺掇着他开了个洋火作坊，俩月就倒闭了，欠了不少钱。年前来要账的坐在堂屋不走，邓中篱只好替儿还债。

邓中篱勤勉持家，教子无方，以至凄凉半生，荒唐终老，舒心日子没过几天，就已时日无多。几次想要把驾驭吃字怪的方法传授给儿子，可父子两个根本没有好好说话的机会，直至临死才把事情交代清楚。

邓中篱死后，邓文坚彻底没了约束，一个月里二十五天不着家。他志气很大，要做张謇一样的人物，出门都要叫车。嫌上楼开锁麻烦，根本没遵照父亲的意思看望过吃字怪。

几年下来，钱财耗尽，产业亏空，生活窘迫，又开始借钱，曾经的好朋友纷纷离他而去，这才想起父亲临终前说的事。

登上阁楼，打开房门，闻见一股恶臭。只见一只老鼠一动不动地趴在地上，揪着颈提起来，竟不是老鼠，原来那玩意儿已经死了。想起自己的命也该完了，不禁潸然泪下，把它埋在了树下。

鲁南的土匪很早就听说邓家有一间黄金屋，只是忌惮邓家的碉楼，又听说邓家和果威将军有关系，一直没敢下手。此时邓家败落，碉楼又没了枪手，便星夜闯入，搜刮一番，几乎没抢到值钱的东西，也没找到满屋金条的地方。只好卷着东西和邓文坚走了，让他家里拿钱赎人。

家人筹措无计，把剩下那点地全卖了，又四处求借，凑到的数也不值赎金的十分之一。

土匪很生气，把送赎金的人打了个半死，扔出山门，又把邓文坚的脑袋割下来，扔在了他家门口。

经此一难，邓家一蹶不振。

邓文坚一死，妻子李氏与儿子邓洪则，也无法在老家继续居住。

邓洪则的堂叔邓文明，年轻的时候很受邓中篱的照顾，跟着发了财。后来以租赁和放贷为生，又贩卖大烟膏，产业渐渐壮大。李氏筹的钱，多半是管他借的。邓文坚一死，邓文明就急着管母子两个要账。母子无力偿还，只好把房子抵出去，搬到村里没人住的破屋住。

邓文明知道他们母子吃饭都困难，得了他们的房产，占了很大的便宜，明里说剩下的钱不要了，可转眼就反悔了。和妻子周氏商量，由周氏跑到李氏家里，今天借这个，明天借那个，凡是值点钱东西的都给拿走，连擀面杖都不放过。

为了让儿子吃饱饭，李氏养了几只小鸡。小鸡长大后，就成了蛋鸡。邓洪则的营养，全靠每天的两个鸡蛋。

周氏知道他们家养了下蛋鸡，每天一大清早就来掏蛋，一个都不给他们留。有一回，几只鸡接连两天没有下出蛋来。周氏怀疑李氏在捣鬼，在鸡窝前骂鸡，说它们有脸吃饭，没脸下蛋，把鸡给抓走了。当天下午，让人把吃剩下的骨头送回来，嘱咐李氏将骨头炖一炖，给孩子补身体。

李氏悲愤交加，得了痨病，一辛劳就吐血，邓洪则心疼母亲，四处乞讨，给母亲看病。李氏不忍儿子为了自己到处给人磕头，寻了个月黑风高的夜晚，上吊自尽了。

村里的耆老很生气，让邓文明不要逼人太甚，要求他把滚出来的利息给邓洪则免了，又让他出李氏的丧葬费。

邓文明当时答应，转头到了家，要出钱的时候却说没有。村里只好动用公产去办，事情才算完。

转眼过了几个春秋，邓文明见情况不妙，贱卖产业，卷着钱移民到了海外。

邓洪则和其他几个贫户分到了自己的老家，房子虽然破败，但没有漏洞，而且还住小时候睡的那间，屋上就是阁楼，人们用来存放不怎么用得着的工具。

又是多年过去，正是邓洪则四十五岁生日。朋友来家做客，让孙女在院子里玩耍。孙女见脚下有许多白蚁，列成两队爬向树根。突然，一个通身黄色的小人从蚁间快速地穿过，钻进了地洞。急忙追去看，树根间却伸出来一个蛇信子，一颗黑色的小葡萄，顶着土皮就出来了，她便嚷着让大人来看。只见一个长约三寸的东西爬了出来，尖嘴圆鼻，没有尾巴，行动十分敏捷，转眼就跳到了邓洪则的肩上。

邓洪则很小的时候，就曾跟着祖父邓中篱上过阁楼，见过吃字怪，也曾亲眼看着父亲把它埋掉。

以为它死了，没想到还活着。

客人们都觉得新奇，说这是变异的老鼠，邓洪则对人说："是我养的！"学祖父把它供了起来，每天拿泉水和瓜果喂它吃，又按照祖父教的方法，拿来一张有字的报纸，指着上面的字说："来食！"

吃字怪便将舌尖一扫，所扫之处，变成一片空白，过一小会儿，后面的字哆嗦两下，便自动顶上。有时候，它又能把字咀嚼一阵子，吐出来变成其他的字。

吃字怪只吃字，从来不吃贡品。可是贡品每回都会消耗，邓洪则感觉奇怪，某天，照旧去阁楼看，听见里面喊喊喳喳的，蹑手蹑脚地过去，透过门缝，瞧见桌上两个花生大小的人在打架，脱得一丝不挂。仓库的尘埃直呛人，邓洪则咳了一声，两个小人听见，扭脸看见一张大人的脸，知道被人瞧见了，捂着脸，咿呀咿呀地躲进了黑暗中。

邓洪则研究了好几回，终于弄明白，这些小人就是吃字怪吐出来的。

他们怕生，只要有人在，就藏在杂物的后面不肯出来。如果突然出现，吓唬他们，他们就会吓晕过去，变成一滩墨水，等人走了再恢复原形。他们日常以偷吃贡品为生，这正是贡品消失的原因。

邓洪则年少时要过饭，后来跟着一位老师傅学木工，为村小打课桌板凳，大集体时也做木匠活，后来自己干，给人打家具。为了奉养这些小人，他花三四个月打造了一座微雕的宫殿，屏风盆栽，桌椅床凳，浴室厕所，书房卧室，一应俱全。又请做活精细的裁缝，做了很小的鞋帽衣物，放在殿外的广场上。

第二天，小人们果然穿上了衣裳，在殿内开会，显然是有秩序的。他们变得文明礼貌，也不再羞于见人，见到他会徐徐作揖。邓洪则得以长时间观察他们，了解了他们的习惯。

想到祖父之所以能发家，全靠这些精灵的保佑，以为只要照顾好它们，就能给家里带来好运。然而，小人不少吃东西，家里也还是没什么改变。

一天，邓洪则上工，捡到了一个箱子，里面有一个几个月大的小孩，裹在被子里，被子里面留了一张纸条，写着"职工二胎，请好心人收养"，围观的人都劝邓洪则把孩子收养了。想到自己孤苦无依，便办了手续，把他当成儿子养了起来，起名邓少彬。

邓少彬是个听话的孩子，学习也很好，根本不用邓洪则操心。为了能离邓洪则近一点，考了本地的一所大学。本地的工作不好找，薪酬也很低。邓洪则见儿子闷闷不乐，觉得养吃字怪是一件能让人开心的事，就让儿子也参与进来。

邓少彬果然很高兴，让吃字怪帮忙编排文字，竟然发了家。有了本金，便在各大城市买卖房产，把父亲请到新家。只是婚后又出现了一样的问题，一直没能生育，还以为是女方的问题。离婚换了几个女友，终于奉子成婚，给女儿起名盼盼。

赶上放开民贷，邓少彬也学着放贷、集资。然而行为多有不法，邓洪则让他不要这样干。他表面答应，实际没有停手。

有个走投无路的亡命徒报复邓少彬，接走邓盼盼，带着盼盼在景区玩了两天，往邓少彬门口扔了个鸡头。鸡冠上钉着一块布，上写"乃祖"两字。

邓少彬不明所以，问父亲，邓洪则解释一番，他这才有点怕，行为收敛了许多。

一天晚上，邓少彬梦见一个白衣老头对他说："聪明人怎么能用笨办法发财呢?"

醒来以后，内心有所触动，反复琢磨这件事。

拿来电脑，打开网页，查询那些稀奇古怪的字，让吃字怪舔屏。没想到，吃字怪的舌头刚扫过去，屏幕上那串"齉鱕龘靐齉齾爩麤齺齺鼺灪韊靐爨虇癵驫鑱爨黌"就没了。

邓少彬拍着手笑道："成了!"

然而，吃完字的吃字怪，肚子变得很大，眼珠被撑得眯成了一条缝，半张着的嘴流出清稀的水，眼看着要被撑死了。吓得邓少彬不知所措，赶忙把吃字怪放回去，假装不知道这回事。

邓洪则回家后，看到吃字怪成了这个样子，心急如焚。宫殿里的小人也围着吃字怪，紧张地讨论着什么，只是邓洪则一个字都听不懂。

眼见吃字怪要死，小人们个个急得脸色发黑，似乎全身都在燥热，脱下衣服，原本嫩黄的身子全变得跟酱油一样，从脚黑到头，从头黑到脚。不一会儿，纷纷化成墨汁贴在地上，再看，竟在广场上形成了几个字，仔细辨别，写的是"字积　急服保和丸"。

邓洪则叫快送的人把药送来，灌了几颗。约莫半小时，吃字怪的肚子就发出咕噜咕噜的巨响，喉咙冲出咯咯的怪叫，腹内似乎有东西在蹿动，而且返到了嘴里。腮帮鼓得和苹果一样大，压不住，才一股脑哕了出来。

羊牛鸡犬，花鸟鱼虫，杂然而下，五彩缤纷，如同艳丽的花瓣随洪水倾泻。吐完之后，吃字怪就恢复了正常，跳到邓洪则的怀里睡了。

小人们也欢呼雀跃，把掉下来的东西领走，随即在广场边造鱼池、猪圈。

邓少彬不死心，又背着父亲做了几轮测试，研究出了数字时代吃字怪的特点：

一、它无法吃掉所有的信息，尤其是未曾出现在书本和网络中的信息。

二、多数时候，它会吐出妙语，指导人们的工作和生活，但也会产生错乱，错乱的部分不是人类能理解的。

三、可以利用吃字怪，遮掩或篡改部分信息，或制造海量无效资讯，营造假象，以假乱真。

四、可以吃掉大量复杂内容，如古籍和论文，生出的小人，可以重新组装出新的内容。

五、可以往没有寓意的文章上吐字，让文章得出不同的深意。

经过不断调试，邓少彬获得了吃字怪更好的用法，得利甚多。

经历上次的教训，他十分注意隐藏自己的信息，没有人知道电脑后面到底是个什么东西。

邓少彬年过半百，疑心很重，总是担心别人图他的钱，因此也只热爱钱财。经常对人说："靠人人跑，靠山山倒，只有卡里的钱不会背叛你。"正因为这样，能吸引到的全都是图他钱的人。不图钱的，反而不愿意和他交往。

邓盼盼中学就去了美国读书，大学毕业后，和同事结婚，定居在纽约，两年都不能回家一次。邓少彬又生不出别的孩子来，担心家产无法传承，希望女儿能快点回来。然而盼盼已在海外成家立业，又不习惯国内的生活，始终不想回家。

邓少彬的表姐和姐夫，知道邓盼盼并不想回来继承他的事业，总派儿子探望邓少彬。言语中埋怨盼盼辞亲远游，放在古代是大不孝的罪过，还说："往后不要说您没有儿子，我就是您的儿子!"说完，竟扑通跪下，喊邓少彬"爹"。气得邓少彬把他轰了出去。

邓洪则又发了病，在重症监护室待了很久。邓少彬请女儿回来看一下祖父，然而疫情困阻，根本无法回国。邓洪则请儿子不要再浪费钱财为他进行无用的治疗，把钱都捐出去算了。从此粒米不进，只靠营养液吊着一口气，几天后就死了。

邓洪则病故，在家里的吃字怪不知怎样知道了情况，竟也不吃不喝，也跟着死了。那些小人将衣物涂成了白色，戴孝三月，陆续死掉，将衣物又染黑。邓少彬请他们不要离开，没有一个听的。处理完后事，按照父亲的遗嘱，他把钱捐出去了多半。可很快又觉得没钱是真的不行，这些年花钱早已大手大脚，不赚钱就不能保证未来的生活。想要投资回本，加满杠杆，结果亏得血本无归。

邓少彬心灰意冷，离开城市，搬回老家。养了几只鸡，几头羊，每天钓鱼、喝茶，同人谈天。

老家附近，有个破庙，已经几十年没有香火，这几年才有人上香。庙里有一位姓豆的先生，可以算命。

一天，邓少彬闲游至此，远天压来一片云，下起了雨，便进庙避雨。百无聊赖，就和同样无聊的豆先生谈起天来，讲述了家族的经历，还半开玩笑地请先生为自己卜上一卦。

豆先生请他说出生辰，回答说不知道。又请他伸出手，看掌纹。起初还笑，看了一会儿，脸色变得凝重："真是奇怪啊！你这个人不会死，但也不在人间。是怎么一回事呢？"

邓少彬比豆先生还困惑，反而问豆先生说："什么意思？"

忽然外面白光一闪，一道震耳欲聋的霹雳，劈碎了庙门外的老槐，把所有人吓了一跳。再看邓少彬，人已经没了，只在刚才坐的板凳上留下一个"甐"字。

兔将军

东乡有个叫张留的练勇，天生力大，能够轻易翻滚一人高的石盘，打起架来，十个人也不是他的对手。他拥有和嫪毐一样的阳物，人们管他叫张翘。

一年夏天，暑气将尽。张留从城里回家，路过一片高粱地，听见地里传来女人爽朗的笑声。乡里传言，在野外听见女人笑，千万不能应声，否则可能被女鬼勾魂摄魂。

张留自恃勇力，不以为意，大声问地里是什么人。

起初没有回应，过了一会儿，秫穗荡漾，从里面走出一个女子。云鬓樱唇，美眉明目，比乡中的女子不知道好看多少倍。款款向他请安道："我，白露，从扑朔国而来，恭候您多时了。"

张留奇怪地问："扑朔国是什么地方？你又为何在此等我？"

白露说："扑朔国离这里不远，居民食素而穴居，如同晋陕的百姓住在洞里一样。因为国内战争，所以逃难到此，希望得到您的帮助。"

张留狐疑道："还真没听过扑朔国。况且你国遭遇战乱，应当遣使去朝廷求救，我个人又能帮到你什么呢？"

白露道："只需要按自己的心意做就对了。"

于是走近张留，用鼻子轻轻嗅他的脸颊，随后用嘴唇亲吻他的下巴。身在青纱帐外，张留本就感觉有些异样，此时被白露撩拨得神魂颠倒，心和高粱一齐动摇，便相携到里面去，驱倒秸秆，当成床铺，交媾起来。

问白露扑朔国的情况，白露说得很含糊。张留以为女子是害怕事情传出去，所以故意隐瞒，就没有再问。

商量下一次见面的机会，白露说："至少要等一个月以后了。"和张留告别，披上衣服，拨开秫秆，消失在了青帐里。

一个月后，白露果然又来了，事后又约定一个月后再见。如此往复，过了半年，再来时，身边跟来六个女子，名紫雪、秋庭、豆麦、霜儿、小满、夜荧，身着赤、白、黑、黄、紫、青不同色的裙子，长相也不尽相同，但都很漂亮。

见到张留后，她们也很欢喜，请张留展示他的力气。张留欣然应允，用拳头将一棵杨树打折，又徒手将一块木瓜大的石头劈断。女子们都拍手说："楚霸王也不过如此了！"

夸赞完，毫不隐讳地提出交欢的要求，张留愕然不应。不料白露也来劝，僵持许久，张留被这群女子撩拨得五脊六兽，于是极欢而罢。自那以后，女子分别来和张留约会，把张留弄得腰膝酸软，欲罢不能。奇怪的是，凡是和他约会过的，都要至少等一个月后才能再来。

如此数年，女子突然都不来了。张留苦等不到，以为她们被人抓住，询问耆老，都说从来没听说过什么扑朔国。又过了好几年，连她们的模样都快想不起来了。

此时，淮海间有乱，朝廷调拨两千多名练勇前往征剿，张留就是其中一个。因平乱有功，被上官奖赏拔擢。

然而民不聊生，贼人越剿越多，逐渐向北蔓延。其中以东乡的最为奇怪，他们潜伏在湖边的芦苇丛，截杀过往船只，有时堵塞道路，席卷财货、人马而去。所过之处，张旗列帜，写着"卯田"二字。还在地里立起巨木雕刻的人势，对它顶礼膜拜，说这是"卯田大人"的灵魂。他们抓了人以后，就索要赎金，不缴纳的，一律不留活口。过上几天，人们就能看见田边的秸秆上挂着许多人皮。

贼众惧怕官军，却又很嚣张。他们异常难捕，行动迅捷，力气又大，底下的乡兵征剿不力，于是派张留率精锐来剿，几次三番，他们逃跑都很迅速，张留也没什么好办法，芦苇一晃，就分不清他们逃窜的方向。

张留用计围堵了一批，放火烧光了十多里的芦苇，终于抓到了几个。发现他们筋骨奇特，兔唇而竖耳，和普通人有着明显的不同。

谋士李念说："食兔唇缺，食犬无声。看来他们的母亲怀他们的时候喜欢吃兔子，所以才有这种毛病。"对他们严加拷掠，都说不出自己的来历。只从一个贼人嘴里听说了他们的建制，再问也就问不出什么了。张留要将他剥皮，那贼子哭道："恐怕见不到白露娘娘了。"

张留大吃一惊，问道："白露娘娘是谁？"

回答说："是我的祖母。"

问："她的耳下可挂了一颗白露样的珠子？"

说："正是。"

张留闻说，错愕不已，良久，对那贼子道："白露是我的旧相识，好多年没见过面了。可就算是现在，她也不过才二十来岁的年纪，如何成了你的祖母？可见扯谎！"

又行拷打，那人受不住酷刑，招供道："白露娘娘生

153

下了我的父亲木章，木章又同紫雪娘娘生下了我，白露娘娘正是我的祖母，紫雪娘娘正是我的母亲。这种关系放之四海而皆准，绝没有半句假话。"

张留惊出一身冷汗，继续拷问其他贼人。那些贼人大多蒙昧无知，少数知道一二的，都只说是扑朔国的国民。有个还说是秋庭的儿子，另一个声称小满是他的曾祖母。

总汇贼情，贼众的故事便清晰起来：

"扑朔国就是兔儿国，前些年闹灾，鼠洞、兔窝遭到人类的摧毁。野狗横行，出来觅食的兔子没有好下场，因此谋求自保。"

"国师皮五先生为洞主献计：扑朔国快亡了，不如放手一搏。我听说，国内最美丽的女子，都在王上的后宫里，人间的男子却都是光棍。不如让她们稍稍修炼，化作人形，引诱人间勇武绝伦的男子进行生育，改良族群，壮我国威。"

"扑朔国女子就是兔子变的，怀胎一月即可生育，每次可以生五到十个。生育后又可以立即交配且怀孕，不必等体力恢复。"

"白露、紫雪、霜儿几位娘娘，是后宫最聪明的，修习小道，最先变成人形。她们外出的时候，碰见了卯田大人。卯田大人欣赏她们，便同她们生育了后代。后代叠相交配，一年之内，就有了数百子嗣。如今多年已过，卯田大人的后裔，有数万人了！"

张留犹如经历了晴天霹雳，知道他们口中的卯田大人就是自己。于是故意问道："'卯田'这个名字好生奇怪，你们有没有见过他本人？"

贼子们说："卯田大人岂是我们这种身份能见到的？除了七位娘娘，谁都没见过。"

张留知道闯了大祸，被兔类利用，酿成大错，整日栖栖惶惶。想找白露问清楚，又担心谋事不密，被别人知道就完了。思虑再三，骗贼人说："你们也没有犯多么大的罪，为了生计，不得不这样干。自古就有招安的说法，我去上书，请朝廷颁布禁止猎杀兔子的命令，再划定你们可以活动的范围，你们就可以安居乐业了。可是，你们说的事情太过古怪，就算是真的，谁肯相信？我同白露娘娘熟识，才知道你们说的没有半句假话，然而单我知道也没有用。想让朝廷招安，必须满足朝廷提出的条件，也不是你们放下武器投降，就能得到想要的好处，要看具体怎么谈。此事我必须和白露娘娘当面商量，你们有什么方法可以见到她吗？"

于是依据贼子提供的方法，给白露写信，请白露带着其他几位娘娘在老地方见面。

张留穿上以前的衣服，白露等人果然如期而至，也穿着以前的衣服。见到张留，都很高兴，然而她们鬓发已花，相比从前，沉稳了许多，不再那样轻脱。张留早已经打定害死她们的主意，假装和她们议事，将她们带入附近一个废弃的道观里，将门反关，全部格杀。又将抓到的贼子都杀死，从此就没有人知道这件事了。

过了一个月，张留协同官军，征发民间猎犬数百只，将兔人搜杀殆尽。

查问扑朔国的近况，都怨恨白露娘娘没有执行洞主的命令，遭了报应。皮五先生也因为谋事不周被驱逐出境。后来洞主老死，嫡子八人，都想当洞主。可是生出来的族人，一年比一年怯懦，完全没有以前那样勇猛了。扑朔国分崩离析，自相攻伐，加上外面的搜捕，能跑的都跑了，不能跑的就被杀害。

扑朔国就此覆灭。

又几年，张留、陈大锦等人率领团练，伙同六千乡兵抗粮不交，进城劫出欠粮民户二百余名。官兵扰民有术，御贼无能，禁不住团练闹事，一切事务，只能听团练处置。张留愈发狂妄，开设公堂，逼城放枪，为了扩大实力，不许百姓向官府纳粮，违者重罚十倍。自己设捐，让百姓把粮食交给他，指派人手为百姓处理公事。起初税额不高，老百姓很高兴，其后渐次加税，很快就和当初朝廷征的一样多了。

各地民变，经久不息，按下这边，浮起那边。最终，安徽的捻军与南方的太平军相连，战火波及十多个省份。

张留受抚后，被朝廷派去江苏，和李秀成打仗。等太平天国覆灭，立即有人举报张留谋反，指称先前兔儿贼拥戴的"卯田大人"就是他，他就是兔儿贼中的兔将军。张留又确实干过聚众抗粮、囤积枪械、藐视官府的事。上官急于把他推出来挡枪，将他引诱到衙门，假装商议军国大事，随即捕杀，把他的头颅挂在集市尽头的木柱上。

然而当夜，张留的头颅就不见了。上官认为肯定是被人偷走装回去了，找到张留的墓穴，挖开，头果然被缝合在了尸体上。棺材一侧有个小洞，像兔子打的。让人顺着洞挖，很久都没挖到尽头。于是把头挂到几百里外的地方，过了一夜，又安回去了。上官大怒，将张留的头装在木函，让人带到四川掩埋，终于使他身首异处。

磨镜人

　　临沭吕维夏，擅长磨镜，经他打磨的昏镜，能把丑男媸女照得如同潘安、貂蝉一般。人们把这种镜子叫作"幸镜"。

　　富商钱位坤从中发现了商机，送来一批镜子请吕维夏磨。

　　有一柄雕花精美，边缘写着十几个蝌蚪文的，磨起来很费劲。磨了一下午，又磨到第二天早上，正欲休息，一只白蚁爬上了镜子。吕维夏没见过白蚁，感觉很新奇，目光随着白蚁转动。白蚁在镜中看到自己的倒影，仿佛很欣赏的样子，用前肢洗了洗脸，与倒影相互抵触，然后就离开了。

　　奇怪的是镜子里的倒影却没有走开，顿了一会儿，才慢吞吞地走掉。这让吕维夏有点困惑，又朝镜外的白蚁望去。它的步伐变得很快，摇着屁股，每走几步，就张牙舞爪的。最后，竟沿着墙根，闯入了黑蚁的巢穴。上前挑衅，又打不过黑蚁。黑蚁见有外敌入侵，放下食物厮打起来。转眼间就将白蚁咬死，把尸体叼进了洞里。

吕维夏喟叹一声，房间里跟着出现了相似的叹息。以为有别人，环顾四周，没有发现异常。想起还没吃饭，翻找干粮，屋里同样传来找东西的声音，才发现都是从镜子里传来的。

吕维夏拿起镜子细看，赫然望见里面居然没有自己的倒影。他愈发惊诧，左右映照，才看见镜子里的自己蹲在墙角，抬头看墙角，却没有人。再看，那人正拿着水瓢往蚁洞浇水。以为遇见了鬼怪，吓得大叫起来。

里面的人也能听见他的叫声，吓得一阵慌乱，满脸困惑地寻找声源，把脸凑过来，也发现了镜子这边的吕维夏。一时四目相对，彼此诧异。

等那人过来，吕维夏又觉得不是自己。他皮肤白嫩，如秋月之光，俨然潇洒的美少年。而镜外面的自己，容貌黑丑，脸盘宽大，眉宇间的皱纹就像干涸的田地，已经四十多岁的年纪。吕维夏突然意识到这是幸镜，镜中人不正是美化过的自己吗？那边的人也意识到了什么，眯起眼睛，显出厌恶的样子，说了句"真丑"。突然朝这边伸过手来，胳膊竟从镜子里面探出，抓住吕维夏的衣领，硬生生扯了进去。

吕维夏掉进了镜子里，膝手着地，摔得不轻。起身四顾，见房间变得和明堂一样光亮，窗外房舍美轮美奂，根本没有原先朴素的模样。慌忙拿起镜子看，镜里的人方脸黑皮，面体生疣，吓得他头皮发麻，大声喝问道："你是谁?!"

那边的人则自恋地捋了捋头发，微笑着朝这边招招手作别，放下镜子，朝室外去了。

吕维夏侧望着，对着他的背影喊道："吕维夏!"那人却不理他。伸手去碰镜面，也无法像那个人那样伸进去。

幸镜里的家相当的奢华，院墙也变得很高，只是高得有点过头，墙壁向天上延伸，几乎没有边际。外面的风景变成了墙上的画，砸上去咚咚作响，穿不透，可壁上的画面居然还能动。

连续两天的加班，让吕维夏很是困惫，百思不解，躺在床上就睡着了。醒来时，夕阳已经在墙壁一丈高的位置，找不到回去的办法，等到天黑，星星就移上了墙壁，昂首天上，天井上空的繁星与墙上的星月相接。偶尔传来虫鸣，更夫唱着报更的号子。听到更夫叫更，吕维夏朝外面呼救，外面的人却不予回应。点亮两尺高的大蜡烛，对着镜子研究，桌子上所有镜子里都有自己，唯独出事的那个没有人影，便插在桌上的小洞里，让它立起来，时刻等着那人出现。

饿得发慌，又从橱柜里搜出一个窝窝，狼吞虎咽。窝窝的碎屑很快招来了一群黑蚁，蓦地想起地下应该是有蚁窝的。倘使顺着蚂蚁窝挖，兴许能挖出去。便把地砖刨开，蚁穴果然穿透了墙壁。挖过地基，费了九牛二虎之力把土刨开，结果碰上了黑漆漆的墙壁，用铁镐砸，比玄铁都结实，直蹦火花。撬也撬不动，努力到下半夜，已是精疲力尽，只好放弃。

墙壁爬不到顶，地下挖个遍，全都不通。吕维夏被困在这方寸之地，干粮两天就吃光了。几个月间，仅能靠蚁窝里的饭渣和米粒充饥，又不敢多吃，饿得皮包骨头。

每天醒来，就在墙上画一道短线算日子。墙上的风景会随时间的推移，变出春夏秋冬的景象，幸好有过冬的衣物。这一冬黑蚁绝迹，院子里有烂掉的地瓜秧，每天煮一碗菜叶子，饿得跟鬼似的。不知不觉过了二十载，早已断了找出路的心，每天只能跟蚂蚁为伴。

吕维夏爱吃瓜果，来到这里后解大溲，过了半个月，地上就长出了一些小苗，那些蚂蚁也不知从哪里运来一些种子。加上院里本来就有地瓜、大蓟、榆、椿、杨、柳，开春以后，日子就很好过了。即便青黄不接的时候，也可以靠杨穗、榆钱、树皮度日。过了两夏，食物就充足起来，秋收时的日子更好。冬天没有产出，存起来的东西也有不少。

转眼又是多年，吕维夏打算给自己过六十岁的生日，用红泥做了个寿桃，摆上六块饧糖，六粒豆，一盘素馅水饺。先与泥捏的小人道谢，谢谢他们陪他过日子，告诫他们千万不要学磨镜，也别照幸镜，否则就会成这个样子。吃完饭，为自己跳舞祝寿，结果一条腿陷进了地里，原来是踩塌了黑蚁的巢穴。

黑蚁的住处被踩塌，急成一团。它们不敢向人类宣战，反而向白蚁发起进攻，出动数千大军，打进了白蚁的巢穴。白蚁不敌，节节败退，最后缩在蚁后周围拼死维护。

吕维夏知道是自己闯的祸，想要调解纷争，劝了半天不管用。又浇水、堵路，可蚂蚁争斗依旧不止，一口气打了三天，死了一大片。

第三天，吕维夏正在屋里酿酒，只听外面轰隆隆的巨响，像地震了。赶忙出来看，院里塌了一大片，石桌、石凳都掉了下去，才知道白蚁的窝和黑蚁的窝接壤了。它们的窝呈现在眼前，都非常壮观，族群也都异常庞大。因为接壤，矛盾变得更加激烈，每天都打打杀杀。由他而起的塌方事件，只不过是导火索罢了。

白蚁的老巢也暴露了出来，蚁后就在其中，四周全是黑色的尸体，掺杂着白色的尸体，堆了足足半尺高。几天的战争，白蚁几乎是单方面挨打，竟还没有灭亡，全指望蚁后能生。这天，黑蚁召开动员大会，发誓要灭了白蚁，随后流川似的涌向对面。白色的蚁圈被密密麻麻的黑云压得只剩一寸，一只骁勇的黑蚁突破了白蚁最后一道防线，压在了白蚁身上，眼见就要咬到蚁后。几只小白蚁奋力将它抱住，成功阻拦下来，结果被黑蚁拦腰咬断。受伤的白蚁依旧缠抱不放，趁着白蚁破防，又有七八只黑蚁爬了上来，踏着白蚁的尸体，冲蚁后亮出獠牙，几只小白蚁马上舍身填到它们牙上去。

当天天气阴沉，顷刻间下起了大雨，把赶来支援的黑蚁冲散了。

没有了后援，白蚁洞里的黑蚁居然立即没了信心，仅剩的几只白蚁士气大振，着手反扑，死死抱住黑蚁的腹部。黑蚁相互帮助着咬死别的黑蚁身上的白蚁，咬得只剩下最后一只，只见白蚁的蚁后突然把屁股一抬，嫩白的身体下，新生的白蚁一下散播开来，浩浩荡荡地铺向外面。后面赶来的黑蚁，以为战争马上要胜了，为了让蚁后亲眼看到胜利，竟抬着蚁后前来。谁知半路碰上瓢泼大雨，只好在歪倒的石台下躲避。等雨停后，又兴冲冲地抬着蚁后往前线走，结果被反攻的白蚁先锋劫掠。

黑蚁虽然雄壮，可护送蚁后的数量实在是太少了，连同蚁后，都被白蚁的先锋咬死，拖进洞里，反而成了白蚁的食物。

黑蚁蚁后死后，歇战了两天。此后，白蚁又去挑衅，黑蚁坚守不出，被白蚁堵住出路，忍无可忍，只能突围。打了两个多月，黑蚁没有新生力量，等现存的都被消耗，也就没有了。黑蚁无可奈何，只能发起最后的总攻，杀得两败俱伤。白蚁的数量岌岌可危，可过了一个月，便泛滥起来，将黑蚁全部剿灭，开始啃噬院里的瓜果、木材。还往吕维夏的身上爬，咬他的衣服，柜子里的衣服也都被咬破了。

吕维夏想不出别的办法，只能用井水淹它们。他的举动激怒了白蚁，白蚁愈发猖狂，连柱子和房梁都咬，搞得房倒屋塌。吕维夏无法管束，整个家都成了白蚁的乐园。奇怪的是，有一年，白蚁突然不再繁衍了，内部也变得混乱，慢慢地就死光了。

随着白蚁的消逝，吕维夏的身体也一天不如一天。食物又不够，便用烂木头弄了个棺材，躺在里面等死。

昏睡了不知道多长时间，仿佛听见有人叩门，以为是濒死的幻觉。不去管它，叩门声却持续不断，便强打精神，踉跄着去看，赫然发现墙上居然多出了一扇门，想起这正是以前的院门啊！赶紧把门打开，后面是一堵墙，只有中间有个洞，从洞里伸出一只竹篾。

吓得吕维夏后退几步，没想到那竹篾还会动，挤进来，又从里面钻进来一条粉红的裙子。原来是一个女人顶着竹篾进来了，她把竹篾放下，露出苍老的面目。

见了吕维夏，老妇十分激动，握着他的手说："可算找到你啦！你就是磨镜的吧？"

吕维夏惊讶地说："是啊！"把人请到窝棚下的凳子上，问说："你是谁呢？"

老妇说："赣榆民女应秋儿。"

赣榆与临沭接壤，吕维夏去过几次，但是并不认识姓应的。于是问："真没想到会有别人，你是怎么找到这里的呢？"

应秋儿说："跟着送铜镜的路线来的。"

吕维夏恍然大悟，起身去棺材里拿出原本要为他陪葬的幸镜，给应秋儿看。结果应秋儿也掏出个一模一样的镜子，说："我记得，有一天，我用这个镜子梳妆，看见一个长得像蛇精的女人，还没反应过来，她就把我拽了进来，我就变成了她的模样。我住在钱家那边的宅邸，二十多年来，无人陪伴。前几天，背着竹篓运土，突然间就想到，既然能见到的地方都是幸镜的倒影，而镜子是用竹篓装着送到了府上，那么如果利用竹篓沿原路返回，能否找到磨镜的人呢？找到磨镜人，也许就能找到解脱之法了。我试了很多方法，发现把头伸进竹篓里，摸着寻找，就能从大门出去，最终摸索到了这里。"

吕维夏道："你真是厉害啊。我不是没想过办法，只是到现在也没办法出去，要不然怎么还在这里呢？要不是你来，我就只剩下等死了。"

应秋儿失望了一回，见吕维夏瘦得皮包骨头，问他饿不饿，吕维夏说很饿。她就拿出手帕，逐层翻开，里面整齐地码着一沓饼干，送给吕维夏吃，并说："是我自己做的。"

吕维夏捧着饼干，狼吞虎咽，喝了一瓢井水，感觉有力气了，便同挤在竹篓下，走到外面，摸到了应秋儿的宅邸。

应秋儿正是富商钱位坤的妻子。钱宅有五进，洒扫厨役，一应俱全，如今只有应秋儿一个，它失去了往日的繁华，如废弃的庙宇一般，空有偌大的场面。这地方有一百多亩，种满了白米、粟米、蔬菜。墙上爬满了葡萄，园中还有杏、李、瓜、桃、豆、黍、薯。栏内有犬、羊、鹅、鸡、鸭，另有几只小猫，见人来了，喵喵叫着前来迎接，又看见有陌生人，便闪向草丛，躲了起来，在深处，伸着脑袋好奇地瞧。

钱宅太大，很多地方无暇打理，荒草从砖缝钻了出来，开了五颜六色的花。多数房间都闲置，落满了灰尘，结了蛛丝。

吕、应二人，便在钱宅生活起来。整饬内务，拔除荒草，重修屋堂，又返回去修理吕宅，使两边的宅邸都焕然一新。吕维夏有了体力，能勉强干些砖瓦活，还上房把漏雨的屋瓦修补一番。应秋儿则喂鸡锄草，洗衣做饭。他们不以夫妻相称，实际上和夫妻没什么两样。相互照顾，彼此扶持，几乎不吵架，很珍视眼下的生活。又安排仪式，逢年过节，就提前在两处分居，节日那天再提着礼物上门走动。

如此十年，一次，吕维夏挑水时，踩到坡上的泥巴摔倒，卧床不起，几天后就死了。

应秋儿非常伤心，过了两年，也去世了。

吕维夏死后，像被一只手抓了起来，如同做了一场春秋大梦，一下从梦里醒来。张目直视，眼前正是那枚幸镜，镜子里的那名俊男正在看着自己，一颦一动，都和自己的反应一样。环顾四周，明白这是回到了原来的世界。

几十年，不过弹指一挥间。

他原本希望进到镜子里是一场噩梦，可和应秋儿生活这么久，又希望不是梦。几天下来，对应秋儿的思念丝毫不减，已经快要发癫了。便不管不顾，去钱宅要人。半路上，遇见了钱家前来取镜的仆人恩彤。

恩彤见吕维夏急匆匆赶路，把马勒了一下，马便停住。问："镜子磨好了吗?"

吕维夏说："还没有呢!"

转念一想，觉得不妥，又说："马上做好，我亲自送到府上。"

恩彤说："快点! 老爷要得急，派我来催。"

恩彤撒马就走，吕维夏赶上几步，拉住缰绳，问说："钱老爷是不是有一个名叫应秋儿的夫人?"

恩彤道："是。"又问："你想干什么?"

吕维夏说："秋儿是我妹妹。"

恩彤"哦"了一声，说："镜子就是钱老爷送她过门的礼物。"

恩彤再次催促吕维夏快点把东西磨好送去，又把钱家上好的竹篓扔给他，说用这个竹篓装。双方辞别后，吕维夏折回家，把镜子装好，往钱宅跑去。

钱位坤是余杭的富户，在很多地方都有产业。凡是有产业的地方，就有一个外宅，遇见心仪的女孩，不管花多少钱，一定要得到，数百两、数千两也不心疼。去赣榆谈生意的时候，碰见了站在街边卖梨糖膏的应秋儿，觉得她年轻貌美，活泼可爱，娶到了临沭的宅邸。

到了钱宅，门子引着吕维夏进了中庭，等了好一会儿，管家才来，又引着他进了"西阁间"——这是吕维夏住在这里的时候给这间房起的名字。管家拿出镜子，一一检验，表示很满意，领他到账房结账。

吕维夏收了钱，却没有立即走的意思。管家看出他的心思，皱着眉问道："刚才恩彤回来，说你是夫人的亲戚？夫人的亲戚我都认识，婚宴上不记得有你啊。我差人问了夫人，她说并不认识，莫非是您认错了？"

吕维夏听了，很是难过了一阵。转念一想，难道不是因为磨好的镜子还没送到应秋儿的手中导致的吗？她没拿到镜子，就不可能进入那边的世界，也就不可能认识他啊！

想定了主意，便说："可能确实不是同一个人。"告辞道："不过我还是相信那个人就是她。是因为先前两家闹了矛盾，相互负了气，才说不认识的。你很快就知道了。"

果不其然，到下午，恩彤又来了。给了吕维夏四两一钱五分银子，还拿出一张从左往右写字的收条，让他签字，说是应秋儿连本带利还的钱。

吕维夏知道秋儿不会虚捏这样没有的事出来，只是百思不得其解。直想到后半夜，忽然拍着腿大笑："四两，思量也！一五，蚁窝也！字迹左起，《左传》也！《郑伯克段于鄢》，掘地相见也！难道不是那些年一起读过的书吗?!"

原来，此时应秋儿也已经从镜子里出来了，一样急着想见到吕维夏。可又绝对不能让人知道，否则不可能成功，于是谎称确实与吕维夏有经济纠纷，当着人的面空骂了吕维夏一番，假借还钱，传递讯息。

钱位坤生性多疑，对妻妾看管很严，不许她们出后庭一步。花园的梯子也给撤了，不让任何人靠近。中墙有个半尺高、三尺宽的方洞，搁着一面圆盘。吃饭的时候，由中门的苍头把饭菜放在这边，用圆盘转过去。那边端走吃完，把空盘子放圆盘上，再转过来，由苍头收走。传递消息的时候，就让苍头喊隔着一堵墙的老妪，再由老妪转达。

钱位坤很长时间都不在家，有时候一连五个月不露面，监督的权力就给了管家和苍头。里边的老妪是苍头的媳妇，巡夜的时候，总听见应秋儿在房间里喊喊喳喳，一会儿哭，一会儿笑，还以为她被关魔怔了。

竟不知是吕维夏来了。

原来，他辞掉一切工作，不分昼夜地挖地道，因为地道顺着蚁洞，所以挖起来非常轻松。很快挖到了应秋儿的房间，和她商议私奔的事。

应秋儿只带自己嫁到钱家时带来的东西，下了地洞，两人一起到吕维夏家，又连夜往盐城去，从此生活在一起。

钱位坤丢了应秋儿，觉得很没面子，找吕家和应家的麻烦。然而吕家父母早已不在，四邻对吕维夏的情况一无所知。应秋儿的父母却相当难缠，反而污蔑钱位坤杀人藏尸，贼喊捉贼。拉着上百个应氏宗亲，气势汹汹地找钱位坤要人。结果在钱宅发现了地道，都说钱位坤勾结镜匠，杀人藏尸。否则那镜匠也不会连夜跑路，不知所终。闹着告官，要给钱位坤好看。

县官也怀疑钱位坤杀人藏尸，钱位坤上下使了钱，便糊涂结案，只说失踪了。让钱位坤把人找回来，始终没有找到，只能不了了之。

在盐城，吕维夏改名夏迎秋，与应秋儿育有一儿一女。其子夏端，凭借高超的磨镜手艺供养父母和孩子，有子女五人，明科、明香、明稀、明秀、明余。第三子夏明余，是我的朋友夏超群的始迁祖。

隔空取物

　　冯道祥从崂山修行八年，回到家乡，亲邻问他都学了什么。他说被臭道士坑了，每天只让念咒打坐，什么都没学会。

　　乡里的促狭鬼听说有人修道回来，以为一定练成了绝世武功，扬言要把冯道祥的屎打出来，几次三番前来挑衅。冯道祥本来就什么都不会，于是没有搭理他们。他们便往冯道祥家院子里扔瓦块，逼得冯道祥不敢出门。

　　若是必须出门，便等窥到外面没人时，贼似的钻出来。结果促狭鬼打探到他出入的时间，在巷子里拦住他的去路，拉着他比武。冯道祥照旧不理，他们便推推搡搡，骂冯道祥缩头乌龟，好激怒冯道祥。然而巴掌打到脸上，冯道祥也不还手。

　　见冯道祥不过如此，几个少年高兴起来，乱拳乱脚，将人打得鼻青脸肿。从那以后，人们就都知道冯道祥的确被崂山的臭道士骗了。倾其所有，学艺八年，什么都没学会的笑话，在全县都出了名。

一天，冯道祥的儿媳妇澹台氏从堂前经过，听见门内有动静，从门缝往里看，瞥见一个茶壶悬浮在一人高的位置，飞到了冯道祥的卧室。又见条山几上插在花瓶里的鸡毛掸子也飞了过去，紧接着，公公咳嗽了两声。知道公公隐瞒了学道的成果，正忍辱负重，关着门偷偷训练。

到了晚上，就把情况告诉给了丈夫冯登科。冯登科大喜过望，叮嘱媳妇千万不要外泄。

冯家的条件原比其他人家好一些，可冯道祥一心学道，花光了家财，生活变得相当窘迫。近来冯道祥出手竟突然阔绰起来，经常给钱让他们去买白面馒头。冯道祥又不出门，冯登科认为他一定是动用法术，偷了别人的财物。让别人知道这回事反而不好，于是暗自高兴，深深敬佩父亲的耐性。

有一回，澹台氏发现公公背着他们偷吃牛肉。本来就对公公偷练法术不满，如今见他独自享福，便在床头怨愤道："老小子不知道把技艺传给亲生儿子，让家人跟着享福，好教别人也高看一眼，就知道吃独食，当乌龟。"

冯登科听了，不以为意，认为只要耐得住性子，迟早会有好事发生。每天照旧下地干活，然而时间长了，也有了一点怨气。麦忙时节，熬得生了一场大病，请冯道祥帮忙，他又不帮。不禁埋怨道："您求得法术，让家里人沾点光也好，却只顾自己享用，也不把法术教给儿子。也不看看儿子过的是什么日子？"

冯道祥故作惊讶道："儿啊，俺得什么法术了？"

冯登科作色道："您快别装了！那天我亲眼看到您隔空取物，鸡毛掸子都飞起来了，你还偷吃牛肉。有什么好隐瞒的！"

冯道祥解释道："那是驴肉。"知道瞒不住，又说："这种旁门左道，自己玩玩还行，绝对不能传人。你没有品德，一定会用它来干坏事，到时候收摄不住，要破了家才好看呢！为了家庭，我特意不传给你。"

冯登科听了，更加生气："我没有品德？最近您出手大方，从哪家偷来这么多钱财啊？"

冯道祥生气地说："我偷？反正不是偷！鸟儿吃不饱饭，去捡田里剩下的麦粒，能叫偷吗？我只不过是拿了豪猾之家遗忘了几十年的金银，去做了该做的事情。再说我还写了借条，不能算偷。"

冯登科不理解父亲的苦心，知道父亲确实会偷金银，便日夜苦求他传授法术，和媳妇一起软硬兼施。冯道祥经不住儿子儿媳日复一日的挖苦和恳请，只好把法术传授给了他们。

夫妻得了要领，一心想要发家致富，夜以继日地研习。各自取了家里的东西，挪到别处去，又随便摸到邻居家的东西，送到自己屋里，接着再送回去。

几个月后，县民相继失窃，损失分别有数十、数百两，甚至有丢失八千两的。县令抓了几个惯偷应付差事，根本没想到是他们两个干的。

冯道祥知道这事肯定是儿子儿媳背着自己做的，怪他们贪婪，还说富贵之家，积财甚多，丢个几两钱根本不会在意，就算知道有人偷走了，也不会报案。而他们专门偷中产之家，还一下偷那么多，不是逼着别人报案吗？不怕暴露自己吗？

那时节衙役汹汹，冯登科也有点怕，不知如何是好。

等县令判了惯偷，又有些庆幸。可没几日，衙役们就堵住了他家的门。

县尉端文彪似乎知道就是他们干的，前来搜查，结果却只搜出一丁点钱。原来是冯道祥提前让儿子把钱还了回去。端文彪又下令搜屋里的稿纸、账本，检查上面的字迹。但这些东西也早就送走了，所以一无所获。

端文彪让他们写字，夫妻两个都写好了，只有冯道祥故意把字写得歪歪扭扭的。端文彪拿到后说："老童生，你没必要这样。忘了县里还有你的卷子吧?"从怀里掏出一张纸，竟是冯道祥当年写的作文，指着作文问："是不是你的?"

冯道祥闭上眼睛说："是。"

一家都被抓走了。

到这时候，冯登科还没明白怎么回事，大喊冤枉。端文彪嘲笑道："尊大人真是有教养，每回偷钱，都给人家留个字据。"说着，把一些纸条拿给冯登科看，是一堆没有署名的借据，正是他父亲的手笔。县令陈倚梅当年是进士第二，心细如发，有着过目不忘的本领。拿到纸条就觉得这种字迹在哪里见过，想起翻看过本县三十年来所有学生上交过的文章，其中就有这样的字迹，就让人把冯道祥的作文找出来，果然一样。

冯登科在牢里埋怨父亲："偷东西还留字条，您这不是没事找事吗?"

冯道祥默默不语，过了一天，传字对儿子说："所有罪责就由我来担吧。你们出去后，去关东，不要再做不法的事了。"

冯登科被拉去受刑，想着能抵赖就抵赖，可实在吃不了皮肉之苦，把责任一股脑推给了父亲。澹台氏更不禁打，头发绑在柱子上，巴掌抽了几下，就招供了。然而县令根本不采信他们的说法，要给冯登科上夹棍，冯登科怕落下终身残疾，只好将故事润色一番，去掉道术的内容，才让人相信事情确实是冯道祥做的。

然而他们胆大包天，对父亲也有所隐瞒。曾将皇帝行宫里的御用品偷出来，不敢处理，又舍不得还回去，便挖坑藏了起来，也被陈倚梅搜出。事情闹到了府里，又被省里提去，经刑部复核，全家被判了斩监候，于八月十六日执行。

夫妻痛悔不已，然而没有活命的办法。

头一天晚上，冯登科正在空气恶浊的牢房里昏睡，忽然凉风阵阵。睁眼一看，天上挂着一轮明月，月光照在林间，地上洒满了银彩。竟已不在狱中，而在山林。

冯登科带着重枷和镣铐，费力地起身查看周边的环境，脚被松软的东西绊了一下，原来妻子澹台氏也来了。忙把妻子喊醒，身旁恰好又有一把锋利的大刀，砍了半个时辰才把枷锁砍开。

夫妻相互拥抱，痛哭不已，都说是父亲把他们转移到了这里。想用同样的办法把父亲转移出来，但是那边有锁链牵制，他们的功力又太浅，试了几次都不行。想等一早去南市口救人，可官兵戒备森严，刚靠近就差点被人发现。很快，海捕文书下到县里、村镇，全都是等着抓他们的。为了逃脱追捕，他们从蓬莱坐船往辽东去了。

冯道祥午时斩首，旁边还有其他重犯，引来数千人围观。

交午柱的影子刚刚重合，监斩官就扔了签。签子落地，刽子手举刀。天边却冲来了黑压压一片云，那云还会拐弯，急到了刑场正上，突然就下起了雨，砸在身上直疼。人们捂着脑袋逃窜，跑了一会儿，才看清楚下的居然是珍珠、铜钱和银子。一时间争抢起来，引发大乱，连官兵和刽子手都忍不住趁乱跪下扒钱。那雨淋得看不清几步开外的地方，路面上的钱越扒越多，人们索性脱下衣裳当包袱，装得满满当当。

下了一阵，雨停了，地上依然有大把的钱财。街面不停有人涌来参与疯抢，抢得人声鼎沸。只有监斩官顾及脸面，没有参与，却也被这样的场景震撼。等想起来看场地中间，冯道祥已经没了。起身挤过去看，只留下一段绳子。

唐乾符间，闽清县下了一场铜钱雨，其声铮铮然。铜钱倾泻，以亿万计，树木都被压折了。

宋绍兴二年七月，宣州城下铜钱雨。钱还从墙壁和井中溢出来。

这些应该是得道高人干的吧，似乎又比冯道祥的做法更高超。

唉，世间懂得隔空取物而不留痕迹的人，其实是很多的！只是"术"这种东西，可以善用，也可以恶用，可以使人洒脱，也可以使人困苦。高人之所以不平白撒钱，是因为他们知道，根本的问题不去解决，这样做也只是白费力气，撒完钱又不加以限制，只会加大贫富的差距。况且，单靠自己的力量去维持局面，也是无法长久的。

买路钱

吴村孔凡民身患重病，看见一黑一白两个人站在床前，拿着镣锁铁链，要押他去地府。

孔凡民学过一点法律，问道："我没有犯罪，怎么可以锁我呢？"

白无常说："我们也是公事公办。以前拿人的时候，总有人跑，从那以后，就都预先锁住。不这么干，工作很难开展。"

孔凡民觉得有道理，伸出手说："麻烦了。"让他们锁住，跟着走出了医院。

走到一个十字路口，黑白无常突然停住脚步，牵着链子，坐在路口的石墩上一动不动，还把孔凡民夹在中间，挤得他无法呼吸。孔凡民忍不住问："你们这是干什么呢？为什么不走了呢？"

无常反问道:"为什么急着走?"

孔凡民说:"怕我没死成,又要苟活很久,家里已经不堪重负了。"

原来他的家人不愿放弃他,每天要花钱为他续命。他怕家里负担太重,所以想快点转世投胎。

黑无常听了,流下两行泪,感慨说:"像你这样的好人,人间还是不少的。对人这样好的家人,也是不少的。每回听见这样的故事,我都感动得掉眼泪。可想一想,这与我们又有什么关系呢!难道你没听说过'阎王易见,小鬼难缠'的道理吗?走到这个地步,不是我们走不走的问题,而是你愿不愿意继续走的问题。走不走取决于你,你拿出你的态度,自然可以快点投胎,我们也不愿意陪你耗在这里。"

孔凡民明白他们是在索贿,说:"人都已经这样了,能拿什么给你们呢?"

白无常听了,便笑着从招文袋里掏出一沓合同,上面写着"运气赠送协议"。解释说,阴德多的人,再世为人,也许可以成为贵人。如果还想做个普通人,就可以把这种机会,无偿地捐赠出去,给那些更需要的人。

孔凡民此生运气很不好,只是一味勤勤恳恳,兢兢业业,真诚地面对每一个亲朋。可还是因为运气差给家人和朋友带来了麻烦，不想来生还那样，又不甘心被勒索，于是不同意签字。

就这样耗了几天，两鬼的屁股就像钉在石墩上一样，挤得他难以喘息，熬得他又昏又饿。知道继续这样半死不活下去，一定把家人下半辈子也耽误掉，只好答应他们。黑白无常拍手叫好，立即起身，请孔凡民也起来休息一下。黑无常又从附近的坟地偷来人家祭祀用的水果、饼干，吃饱了继续赶路。

过了汶河，在一片林子里休息。迷迷糊糊听见两个无常在吵架，原来黑无常想要调整分赃的比例。吵了好一会儿，白无常作出妥协的样子，两鬼便喜笑颜开，握手言和。又窃窃私语，有再敲诈孔凡民一笔的意思。黑无常请白无常先休息，结果他也睡着了。孔凡民叫了他们几声，知道他们睡得很死，偷偷摸到钥匙，解脱出来，反锁他们。又掏出袋子里的文契，全都是阴德、福报赠送协议和借贷合同。没有积过阴德的人，也要交买路钱，又没有阴德可以捐赠，便签借贷合同，同意从无常处借一还二，在阴间时做工还钱，还不完，来世当牛做马也要继续还。

孔凡民越看越气，把合同撕毁后扔进了河里，独自回了城。

醒来后，身体大好，很快就痊愈了。

从那以后，家里不断有鬼怪作祟，怀疑就是两个无常干的。请来石敢当，在门口挂了桃木剑。一天夜里，听见激烈搏斗的声音，邪祟就消失了。

豆先生说："子曰'虽百世，可知也'。人们的外貌、服饰都可以改变，但人心却是一样的。到了无常的位置就贪婪，到了小民的位置就愤怒，是再正常不过的事。要依靠制度对抗人性的贪婪，依靠公正让社会变得有序，使污秽失去生存的土壤。封伦、裴矩，其奸足以亡隋，其智反以佐唐。官吏奉公，小民纯如，正是上下需要努力营造的啊！"

离魂症

善化鲍相璈编纂的《验方新编》，记载了一种名叫"离魂症"的病，患这种病的人，会忽然感觉有个人影跟随自己坐卧行走。时间久了，影子就逐渐变成和自己一样的人，不远不近地跟着。

我也听说过类似的事情。

陈敏的曾祖陈焕之，是光绪年间的秀才，活到一百零三岁才去世。

他总是背着一个破布袋，沿路捡铁钉和豆扁，有时候也拾柴。每次路过大槐树下，就会被乘凉的孩子缠着讲故事。讲完一个，再讲一个，到第三个就不讲了，小孩们拍着手，蹦蹦跳跳地跟着他说："先去拾柴，明天再来。"

一次又被我们缠上，不得已放下包袱，坐在树根上，讲述了他幼年时的见闻：

"我小时候，镇上有个名叫沈敬奎的老先生。咸丰时闹乱子，上千人拿着长枪、大刀，戴着蓝、白帽子，辫子上系个红绳，堵塞各村路口，挨家挨户搜检，让把值钱的东西交出来。各户带着包裹翻圩逃跑，很多都被抓住。沈先生跑掉了，但是受了不小的惊吓，几天几夜没睡好觉。等乱子过去，才睡了个好觉。可是一觉醒来，就看见一个灰色的影子躺在自己身边，他站起身来，那个影子就跟着自己。那东西也奇怪，越看越真，就是看不清长什么样。过了两年还没消失，模样越来越清楚，慢慢就显出他的样子了，和双生兄弟一样。影子在他右边三四步远，他走，他也走；他歇，他也歇；他喝茶，他也喝茶；他睡觉，他也睡觉。只是那家伙的身体可以悬浮，沈先生坐椅子的时候，那个影子的屁股下没有椅凳，却能悬空坐着。睡觉时，他躺在床上，那人就悬在床外。靠着墙走，影子就在墙的另一边，走到尽头，再从墙里钻出来。"

我听了以后，相当困惑，问道："你看见了吗?"

陈焕之说："我看不见。"

我说："那就是沈先生编的。"

陈焕之不理我，接着说："说来也奇，沈先生能看见自己的肉身，知觉都在影子上。"小孩都听不明白，后来追问才知道，意思是沈先生的知觉偏移了肉体。

"有人和你一样,不信有这种事,趁沈先生路过,故意挡在墙的另一边。隔着一堵墙,按理说是看不见的,沈先生却要侧身让人。"

我说:"老祖又骗人了,既然他成了影子,那么又是如何穿墙却不被阻挡的呢?"

陈焕之说:"起初很多年,他的确没有特别的感觉,只知道有个影子跟着自己。后来就不行了,他发现他的意志慢慢转移到了那个影子里去。这个时候,他感觉自己有两个躯体,生活比较混乱。别人和他说话的时候,他既能看见别人的正脸,也能看见别人的侧脸,还有另外一个自己。遇见路障的时候,分不清究竟是真的自己遇上的,还是假的自己遇上的,常闹出笑话。说来丧良心,我小时候猪贱,故意绊过他,把他绊倒了。渐渐地,影子的感觉更真,身上的感觉更远。又过了十多年,他的魂就完全转移到影子里去了。见到的、听到的,都在影子那边。肉身这边看不见,也听不见,只剩下触觉。如果肉身磕到、碰到,他知道疼,就是看不见了。他对这种情况不适应,习惯躲避疾行的路人,反而会撞到路边的障碍,只能想办法练习。那时候,我已经懂事了,跟着沈先生的侄子沈忠林读书。在忠林公家里见过沈先生看书。这个场面很喜人,他把书放在右边好远的桌子上,才能正好看到。肉身前却没有东西，看着空气诵读。想要翻页，就'嗯'一声，他媳妇就为他翻一页。他媳妇是你们庄里的，比他年轻二十岁，你问问你奶奶，得认识她。显然这样也不是办法，媳妇得洗衣、做饭，那时候你还怎么读书？麻烦子侄，子侄也有自己的活要干。后来就用竹竿和铁丝做了个挑子，自己翻，猛一看，瞧不出和正常人的区别，仔细看，全都不正常。

"不过，后来出了个事，把沈先生毁了。好日子过到六十多，影子和身子的距离都没变化，那天突然又开始变远了。一开始每月往外移一步，后来每月往外移好几步。过了两三年，就有了好几丈。他本人在正房，影子在他二儿院里。不得不搭一套枕席，睡前让人用麻布绑定，省得半夜醒来，不知道自己在哪里，乱跑乱撞。再后来距离更大了，每月增一丈，慢慢变成数丈。沈先生就再也看不见自己的身体了，活动受限，没事的时候，就在家里坐着，由子孙轮流护在身边。他们还会传信号，用手指捏他的手指。捏食指，是问要不要吃饭；捏无名指是问要不要喝水。看书、休息，也都有相应的暗号。沈先生只要说话就可以了。但是子孙很难找到他影子在哪里，只能听他汇报说：'此处有破旧照壁一面，没有字，西角有个麻雀窝。'却不知道具体在哪家哪户。有一天他说明白了：'这是白马庙李宝善家，一个印着莲花的棕色水缸边，李宝善是打豆腐的。'家里人不认识李宝善，听到消息后，赶去白马庙，果然有卖豆腐的人家，就叫李宝善。向李宝善说明情况，李宝善就让他们进到院子里。他们没法找到父亲，只好在人家家里喊。这么办，也只不过是因为沈先生在外面太久了，想见孩子一面而已。等他的儿子回到家里，家里人就把先前誊抄的沈先生的话告诉孩子们，对他们说："你们的爹说看见你们了，听见你们说话了。他希望你们好好学习，好好用功，好好做人，做有用的人。不过，正说着，他就慢慢移出李宝善家了，移到了家后的土墙里。可你们不知道啊，他听不见你们的喊话了，墙里面全是黑的，就轻轻动了一下椅子，就这么稍微一动，人就移到了汶河上面两丈高的地方，说那里风景很好，要了一壶酒，一碗鸡蛋面，一边吃，一边掉眼泪。吃完，我们就把他扶床上睡了。'孩子们听了，都很难过。没多久，沈先生就去世了。"

我问："他去世后，影子也跟着没了吗?"

陈焕之道："那谁知道?!"

有晚生陈骏同，能够举一隅而以三隅反。听陈焕之讲完，感叹道："那个姓沈的老头真笨啊! 如果我患了这种病，考试作弊，竞猜拿奖，窃听机密，潜伏卧底，干什么不行？攒够了钱，再找名医给我治，还愁治不好吗？"

气得陈焕之拿烟斗敲他的脑袋："你怎么知道沈先生不是这么办的？先生十二岁，县府道三试，名列前茅。乡试时，稍微转动身体，就能看到别人的试卷。可看了也没什么用，别人的作文都比不过先生，抄来又有何用？后来混入府衙，观阅典刑，窥伺机密，探查隐私，也都做过。有一年，东乡温家矿出了透水事故，矿主温伯任不救人，怕那些干活的窑花子活一半死一半，死了的没法交代，就干脆把上面的人支走，把井绳砍断了，还封了井，等人拿着工具来救人，温伯任哭着对人说：'人太多了，都往上爬，绳子磨断了。'又让人找结实的绳子去，想办法拖延时间。孔道里还有七十多口子人呢，那是七十多条人命，你说他坏不坏？良心好干不出这种事来。沈先生听说以后，就让家人骑着马，驮着他到矿上。当着众人的面，侧躺在地上，把影钻到矿洞里面去，想要看看还有没有活着的。地里面一片漆黑，矿洞里有和臭鸡蛋一样的气味，除了黑，什么都看不见。沈先生像一条啃骨头的狗一样，趴着挪了好一会儿，浑身沾满了黑泥，跟个要饭的似的。找了三四个小时，说听见了水的声音，周围有光，但是雾气蒙蒙的。又像狗一样爬了好一阵，侧身倾向不同的角度，撅着屁股找人。突然说看见光了，有两盏油灯，灯边站着几个矿工，正在相互鼓励，说这么多人在下面，一定有人能把他们救出去。沈先生探知情况后，大声说里面还有人活着，围观的家属都高兴得拍手，拿了工具就开始挖。这时候，矿主急了。要是都死了，官府不过问，推说天灾就行了。就怕有活的当证人，出来乱说话。井壁挂红了，那是要透水的征兆，他还逼着人下去，他自己不下去看看，还骂工人使坏，看着煤价上涨，故意罢工，让他涨钱。最后死了人，不是他的责任是谁的责任？过来骂沈先生装神弄鬼。这时候有人发现绳子断口是砍的，不是磨的，沈先生的子侄和学生，还有家属，就把矿主揍了一顿，把他的家也给砸了。沈先生当总指挥，率领矿工亲属，还有好几千个热心乡民，把人救出来了！可惜死了一多半，沈先生的学生又领着矿难家属告状，要赔偿，官府本来不想管，就怕人组织起来一起闹，那个黑窑也没利用价值了，就停办了。不过，后来沈先生一家被矿主找的青皮给打了。沈先生死后，子女侄子继续他的志愿，专门为工农争取权益。"

晚辈们听了，都佩服沈先生的为人。

陈焕之提起口袋要走，被孩子们拉住，央求他再讲一段。陈焕之只好又讲了两个故事，孩子们才放他走。

离魂症，是一种很稀奇的病，一旦罹患此疾，就无法自主心神，所见非所在，所听非所闻，意不在体，神离其身，不能不说是一种折磨。然而沈先生并没有因为身患怪病而放弃对理想的追求，而是和往常一样，读书识理，睦族恤邻，探索救世救民的办法。

沈先生在世的最后几天，描绘的场景家人与学生都无法理解，但那显然不是神昏时的谵语。他的心与真心相隔万里，灵魂也远远地离开了肉体，却也从来没有离开过肉体。

白鱼

　　周成泽冒雨行路，远远看见一条铁丝似的虬龙，摆动着身体快速地游荡，在云间若隐若现。又有上万条鱼从乌云里游出来，离他越来越近。其中几十条滑翔到他身边，慌乱之下，抱住一条。那条鱼的力气很大，几乎要把他带到天上去，好不容易才骑在胯下，赶紧脱下衣服，把鱼裹住，背回了家。

　　家人欣喜若狂，养在缸里，盖上石板，准备第二天开膛。儿子周庆卿放学回家，听说父亲抓住一条飞鱼，很想看看。周成泽怕鱼跑掉，严厉地禁止儿子偷看。周庆卿愈发好奇，趁着家长不注意，溜到缸边，努力将缸上的石板掀开一条缝。他太轻，石板太重，放下的时候不受控制，"嘣"的一声砸坏了水缸。缸瓦间，水花四溅，从中腾出一条白鱼，和周庆卿一样大，眨眼间就游上了天。

周家贫困，一年到头吃不上一回肉。好不容易弄回一条鱼，却被儿子放跑了。周成泽非常生气，妻子也很懊恼，时常跟人提起这件事。

周庆卿无地自容，看到父母汗流浃背地回家，却只能吃咸菜，啃干粮，总会想起那条鱼，希望有一天能弥补父母的遗憾。

忽逢一个雨天，他的身上奇痒无比，在两胁长出了许多白鳞，渐渐布满全身。知道老天听到了他的祷告，把他变成了鱼。

他在院子里游来游去，始终等不到父母回来。周成泽夫妻在外出工，回家已三更，看见白鱼在院子里游荡，又找不到儿子，知道鱼是儿子变的，惊骇万分。请人把儿子变回去，但一直没有成功。只好每天朝空中投食，就像真的在喂鱼一样。

夫妻劳作辛苦，回到家又要看一条鱼游来游去，烦躁到每天吵架，如此两月，眼泪都快哭干了。雨也接连下了两个月，一个晌午，突然放晴。夫妻俩正要拿着馒头揪渣喂鱼，却找不见鱼了。慌乱间，瞧见新缸里头好长一绺黑发，仔细一看，竟然是儿子在熟睡。把儿子喊醒，儿子揉了揉眼睛，迷迷糊糊地喊爹娘。夫妻喜极而泣，大叫着把孩子抱起来亲，再也不提鱼的事了。

字母时代

　　萍水乡的人喜欢用字母代替文字，把"水瓮"写成"sw"，"税务"也写成"sw"。人名亦是如此，很容易引起误会。

　　组长孙葆田的签名是"sbt"，他在场院和人相扑，击败了三个对手，村里的老儒很荣幸地为他送上一幅行书，写着"sbtyyds"，意思是"孙葆田以一敌三"。后来有个叫苏炳添的健行人破了纪录，人们都留言说"sbtyyds"。孙葆田看了，也跟着得意起来。

　　村民刘兆清干地洞工程，几个月不能和外界联系。出来以后，已经看不懂人们的讨论了。好在他虚心学习，很快掌握了字母的用法。

　　他的妻子陆彩凤疑惑地问："我承认我跟不上时代，可是用简短的字母代替文字，不怕引起歧义吗?"

刘兆清说："唐朝的太子叫李贤，明朝的官员也可以叫李贤，组长叫 sbt，其他人也能叫 sbt，都没有什么不妥。"

然而连女儿发的信息都看不懂。

有一次，收到女儿的消息"wmbdwyfzddlhj"，不知道她在表达什么，问也不回。百思不得其解，于是请村里的能人解读。

组长孙葆田戴着老花镜，把字母仔仔细细誊抄在稿纸上，拿粗糙的食指挨个从字母上划过，沉吟了好一会儿，才说："一定是'我们班的王元甫主动当了汉奸'。"说完，脸色凝重起来："没想到还有这种事!"

孙葆田的妻子马翠花听了，嘴里立即发出不屑的嗤笑，认为孩子懂什么忠臣奸党，只有缺钱的时候才会想家，所以肯定是"我妈逼得我要饭，再打点钱来"。为了佐证自己的观点，又对其中的细节加以解释："年轻人喜欢把钱叫做 hj（黄金），也有叫 yz（银子）的。他们还喜欢把句末的字提到前面去，模拟'倒装'句，以示对古典文化的热爱。"

其他人也不太同意她的观点，尤其是陆彩凤，说她从未亏待过女儿一丝半毫，家里的钱一多半都花在女儿身上了。见老儒稳坐在上首，一言不发，组长就向他请教，却见老儒眼里噙满泪水，点着头感慨道："后生可畏啊！"都问这是怎么了。老儒便工工整整在纸上写下两行蝇头小楷："妩媚本多外谒费，真德倒令慧常空。"搁笔，又感慨了一回，才说："她确实缺钱，但守住了道德底线。"

大家都说不可能是这两句话，最后一个字对不上，还缺了一个。七嘴八舌，怎样说的都有，没有一个定论。

刘兆清联系不上女儿，越想越怕，违反两星期才能给她打一次电话的诺言，打电话过去，却一直忙线。怕女儿真的没钱吃饭，就跑去镇上打钱，备注道："mfc hb"，意思是"买饭吃，花吧"。

女儿收到入账通知，很是惊奇。以为父亲终于意识到了自己的浅薄无知，居然主动学起了时髦的语言，还对她说"没犯错，很棒"。非常高兴，回了个笑脸，便把打来的钱打给"wyf"应援。

唉，隐语是自古就有的啊。古人避讳圣人、父母之名，不得已换字或者缺笔代替。普通人也有忌讳，通常不能直呼其名。谈论事件中的人物，不想沾惹麻烦，也会用化名。当人们学会了字母，用字母代替文字，也是可想而知的了。然而风气渐盛，许多时候，不需要用字母的也用起了字母。提供方便的工具，也就变成了制造麻烦的工具。刘兆清的女儿年少无知，离经叛道，但这并不分时代。

先秦时有任侠儿，唐朝城中有恶少，宋朝市井多浮浪子弟。穿着、打扮，都和普通人不同。罪犯被刺青、髡首，他们也学着重犯的模样，刺青、剃发。服徒刑的犯人脖子卡着铁钳，他们也戴上粗笨的项链。凡这种打扮的人，都自诩"不法"，普通人都会畏惧。

唐朝大宁坊有一个叫张干的人，左臂文"生不怕京兆尹"，右臂文"死不畏阎罗王"，最终被京兆尹扑杀。

孙葆田曾是"葬爱家族"中的一员，将哥哥写作"gg"，姐姐写作"jj"，还拿"莪呮嬡洂茉懂"当签名。去理发厅洗剪吹，留了个别致的造型，人称"红毛刺猬"。下面遮住一只眼，只留另外一只看路。他那时精力旺盛，缺乏父母的关爱，常怀郁郁，又没有很大的本事，便向世人宣布心中的不服。等葬爱家族渐次长大，心气被现实扑杀，也就掀不起什么风浪了。回看过去的发言，未尝不汗流浃背。

岁月磨平了他们的棱角，皱纹爬上了他们的额头，年少时的荒唐，早已被深深隐藏。

吕荸菲

一九八二年的某一天，我的朋友高有理去九龙山阁老庄相亲。回来的时候，满面喜色，胸上还戴了一朵鲜艳的大红花。他这副模样实在是太可疑了，除了胸前的红花以外，还有两大可疑之处：

一是相完了亲，没有回自己家，而是径直到了我家；二是他嘴角有血迹，像是被人打过的，哈出来的气也有一股铁腥味。

我大为惊异，问他究竟干什么去了。高大个子露出又欣喜又忧伤的神色，只是吞吞吐吐，说不清楚。我让他别急，坐下来慢慢说。他就洗了把脸，洗得清水发了红，愣在原地不动。我又给他打了一盆，让他用香胰子再洗一遍，把脸洗得干干净净的。他就把脸洗得干干净净，坐下来管我要酒，说有喜事，让我陪他喝两盅。我拿了一瓶辣酒，一只大海碗。往大海碗里倒上热水，把酒烫上。陡地昂首灌下两杯热乎的，高有理就有点上头了，这才回答了我的问话。

"二哥，我的事本来不想跟任何人说，可憋在心里实在太难受了，你不是外人，我想跟你说。可我说出来又怕不好，你那么精，听了以后，肯定不信，信了又乱跟人家讲，显得我是个神经病。不过我再想想，又觉得没有关系，反正我快和我心上人走了，不妨告诉你这两天我的经历。我说话分量轻，他们不信我。你说话分量重，他们都信你。不信我，他们就说我有毛病；信你，他们还是会说我有毛病。横竖里外的，我都是人微言轻。还是得你，要是别人问你我去哪里了，你照实跟他们说就行了。"

我说你他娘的少废话，爱说不说。

高有理又灌了一瓯子，我也随他干杯，从喉咙热到胃里的时候，他开始了他的讲述：

我早到了谈婚论嫁的年龄，着急找个媳妇。我六婶给我说媒，说的是九龙山阁老庄的一个闺女。六婶的娘家就在这个村。说这个闺女二十五岁，圆眼睛，小额头，尖下颏，蒜似的小鼻子，脸蛋就跟鸭蛋一样，笑起来很好看，很腼腆，很老实，是过日子的人。二十五岁，也老大不小的了，家里人担心再不嫁就嫁不出去了，四处托人说媒。

我六婶那天回娘家，人家就托到她身上，让她帮忙看看有没有合适的小青年。她把大腿一拍，说，太巧了，我有个大侄子，二十六岁，正愁娶不上媳妇呢！再说，就咱这条件，不能算很差吧？就把我的情况，添枝加叶地跟人家说了。

　　那家人也实在，实在到我六婶说什么，他们就信什么。说既然小伙儿的出身这么好，又是高中毕业，有文化，还不怕吃苦，勤劳肯干，各方面都让人满意，那么就让他来一趟吧。来一趟，给咱斟茶倒水，咱好看看有没有才坏，缺胳膊少腿的咱可不愿意。要是人物不错，就赶紧把事定了。

　　我听说女方的情况以后，也很开心，又怕六婶骗我，毕竟什么样的人到她嘴里，都能给夸出花来。她回来以后就先凶我，抬举那个女的，我后来知道她在人家家里也是这么干的，抬举我，挑人家女孩家的毛病。不过转念一想，要不这样，什么亲都是成不了的，咱也没什么可担心的。就咱这家庭，不说过上好日子，能不拖累人家就算烧高香了。我六婶后来和颜悦色，说这事儿别耽搁了，让我过两天就去一趟，以免夜长梦多。说夜长梦多，还真就夜长梦多。去九龙山的前一夜，我翻来覆去睡不着觉，身上痒，挠到后半夜，老鼠在房梁上翻腾，又爬上高粱席闹动静，屋外头的蛐蛐不住地鸣。我想着对方究竟是个什么样的人物，是丑还是俊？是胖还是瘦？文化怎么样？脾气好不好？我还担心人家能不能瞧上我，我又该怎么表现。

横竖是睡不着了，不到四点就起床，翻出我以前舍不得穿的的确良，就是这一身，把自己打扮得板板正正的。走三十里路，到九龙山相亲去。

九龙山你知道，路不好走，那闺女家也真不好找。我差点迷路，幸亏遇见个放羊的老头，找他打听了一下，说那个村不难找，就是她家难找。我到了村里，又问了村里的人，七拐八拐，终于到了她家胡同。是个死胡同，走到胡同尽头，我就奇怪了，一堆人站在一个院子里叽叽喳喳，有说有笑的。鹅着头，进去一看，才知道这就是那个闺女家，门里头，有人穿着一身白，传来老女人的呜咽。

我一问，原来是九姑娘没了。

九姑娘就是要跟我相亲的那个闺女，她不是真有八个亲姐姐，人家是按同堂排序的。同一个曾祖所生的一起排，前几个姐姐都是叔叔和伯伯的孩子。她家就她一个，是独生女，顺着前面的姐姐排到第九个。我听说九姑娘死了，大惊失色，忙问身边的人她是怎么没的。

穿着靛蓝色中山装的中年男人，胡子刮得干干净净，透出青色。听我问，低声应付说："突然没的。"倒是一个皮肤很黑，穿着蓝色碎花短褂的胖女人热情得多，说："昨天晚上还好好的，能说能笑，吃的锅饼，喝的糖水，说明天要见个对象，没发现哪里不对。可是清早上叫她，怎么叫都不醒，才知道断气了。"一人嘟囔着问："发急病了吗？"那妇女摇摇头："没听说有急病。"又说："说没事，可我看着像上了吊，为什么上吊？就说不清了。"扎着土布盖头的老太太，踮着小脚，在平整的院落里摇摇晃晃地说："你说往后可怎么办啊？多可怜人！"

我心说我也太倒霉了，好不容易来相个亲，对象死了。也不知道跟她家里人说什么好，干脆什么也不说，连招呼也不打，直接动身回家吧！我心说："九姑娘啊九姑娘，咱俩终究是有缘无分！"

我一夜都没怎么睡，又是从凌晨出发，大清早走了俩钟头，在路上就困得难受。又要接着往回赶，就更困了。按说来回的路是一样的，上山花了两个小时，下山再慢，也得比上山快吧？可越走越不对劲。你说这路怎么就走不到头啊？从离开九姑娘家，到我在山里转悠，转悠到快中午，该有三四个小时了吧？就是走不出去。

我暗自叫苦，知道是真的迷路了，却不知道是在哪个岔路迷的。心想再找个人问问吧，就跟上山的时候一样，问问附近放羊的。可荒山野岭，哪里有放羊人的影呢？九龙山里十三村，山本身又不是非常大，走那么多路，总能碰上个村子吧？也没有，就是山重水复，柳暗花明，柳暗了没有庄，花明了也没有寨。没有人，没有狗，没有鸡，没有鸭，没有牛，没有马，没有驴，没有骡，连一只鸟都没有，你说奇怪不奇怪吧！

更奇怪的是两边的草越来越高，渐渐就把我淹掉了。草丛里发出泥巴的香气，倒是让我沉稳了，没有跳出一只虫子。我越走越糊涂，一直走到中午，饿得头晕眼花，就想办法往高一点的地方走，找到浅草的乱石路，把随身带的干粮吃了。后来不知又走了多久，终于找到了一条小溪，趴在溪边喝了一肚子的水。我想起高中地理老师的话，人都傍水而居，如果顺着溪水往下走，肯定能碰见村庄，找到大路。结果又沿着小溪，傻兮兮地走了一两个小时，还是没有任何人烟。况且沿着水也不好走，岸边全是刺刺秧子，还有蒺藜，刺得我脚踝上都是印。索性再找别的路，找到一条说是路又不像路的路。总感觉有岔道，也不像岔道，草又茂密，从下午走到天黑，也没走出去。

不，不是鬼打墙。我说山重水复，不是真的山重水复，是总是山山水水的。山山水水之间，却一点也不重复。我很用心地观察了，每一棵树，每一段路都是不一样的。我没回到原来的路，也没回到原来发现小溪的地方，周围的景色和之前路过的都不一样。

走到晚上，天上的星星都笑话我了，眼睛一眨一眨的。我合计着我这一天得走了一百里地了吧？这个距离都该跨县了，怎么可能还走不出九龙山呢？心里头懊恼，有点生气，也有点怕，觉得有东西专门戏弄咱。可是冤有头，债有主，咱又没犯什么错误，它凭什么要戏弄咱呢？

一这样想，我就觉得我的觉悟低了。遇上这点事儿，怎么就丧失革命斗志了呢？我的思想太不单纯了，不纯粹，还怕什么鬼怪神仙。鬼怪神仙，都是坏分子吓唬人用的，要收拾也是先收拾他们，都去他娘的吧！为了横扫一切牛鬼蛇神，我开始背语录。

你还别说，真管用。我才背了一会儿，周围就起了大风。风在耳边呼啦啦响，凉凉的，刮得林子喳喳的。我一整天都没觉得有风，一丝都没有，天不热，也感觉浑身憋闷。这时候，风起来了，把我吹清醒了，拽着我的的确良，打得空气猎猎的，也摇着远处暗森森的树林，摇得山微微颤抖，仿佛小猫舒服地蜷了一下身子。

奇怪的事就是这时候发生的，我分明看见原先松柏上盘综错杂的藤蔓，退潮一样收进了土里，像蛇鼠遇见了老鹰和老猫，就匆忙归洞一样。紧接着，那些怪兽的脊一样的黑山，竟然剧烈地耸动起来。它们像是听见了什么可怕的动静，急速地退缩到了昏了云的天边。原先遮眼的几座大山，在远方黑蓝微光的天底下奔跑着，像猫，也像狗，又像貔子、夜叉，可我看出它们很开心，像我们小时候一样无忧无虑地追逐着。啊，还有长果大小的东西，在远山更远处和猫狗夜叉们一起愉快地逃命，看不清是什么。

等回过神来看近处，才发现我这边也发生了翻天覆地的变化。刚才走的那条小路居然没了，脚底下踩着的是一块块大小不一、错落有致的五颜六色的石头。周遭半人高的荒草也没了，变成了长满矮草的柔软泥沙。石头拳头大，扁的，草只有一寸长，像你的头发。我踩着这样的石头，这样的草，突然很害怕，吓得浑身哆嗦。可一想到咱是念了语录才这样的，就又不怕了。牛鬼蛇神都是欺软怕硬的，你同它讲理，它同你蛮缠，你对它蛮横，它才同你讲理。老子战天斗地，已然喝退了妖魔，还怕个鸟？

我当时又困又饿，又累又乏，等喝退妖孽，眼皮就睁不开了，找了块平坦的大石头躺下，想先睡一会儿再说。这么想着，就在石头上睡着了。

睡了多久？应该有三四个小时吧，也可能是一两个小时，具体不知道，我又不戴表，你也不用戳破我，我就是戴不起，你也没比我好哪里去。你家这个老座钟八十块吧？花了你爹三个月工资。手表更贵，一百块啊！

没有，那些山魈没有回来报复我。它们跑了以后，就没回来。从上面的故事就可以看出，不要说世界上没有妖孽，就算是有，也不用怕，老子照旧碾出他的屎来！

我睡得很香很沉，有生以来就没有睡过那么解乏的觉，现在想起来还觉得怀念。

我是被半里外的一阵唧唧吵醒的，不知道声音是从哪里传来，是干什么的。躺着听了一会儿，听出是琵琶声。我心说，荒郊野岭，怎么还有人弹琵琶呢？坐起来，四下望，瞧不出哪里异常。琵琶声断断续续，这边就更显得静，静得出奇。只有北边隐隐约约有点喧乱，我也不知道是不是北边，可能掉向了，分不清东西南北，直觉告诉我那是北边，姑且就按北边说吧。

随着北边的琵琶声再一次缓缓飘来，一个小山头上，居然亮起了火。我眯着眼细细看了一番，发现有人在拨弄一堆篝火，借篝火的映照，我能看见旁边有个很大的石桌，桌上摆满了酒菜，围坐着十多个人。原来是有人吃席呢！他们大声地说着话，相互举着杯，哈哈笑着。有人抱着乐器弹奏，应该就是那个弹琵琶的了。

我一看，你爸爸我有救了！

不好意思，哥，我一喝高就嘴欠，请你原谅我。我重说，重说！

我一看，可怜的我有救了！望着火光，翻下大石，往小山上去。古人说："望山跑死马。"真事儿，我以为也就半里地，实际上走了很久，才爬到半山腰。累得我歇了一阵，继续爬，爬到离他们还有三十多米的时候，就被他们发现了。

他们十分警觉，喝问我干什么的。我觉得他们有吃有喝，穿得又好，不像是坏人，就老实说，我西乡的，到九龙山探亲，结果迷路了。

他们问我叫什么名字，我说我叫高有理，革命无罪，造反有理的有理。

那群人一听我叫高有理，先是一愣，继而爆发出一阵惊天的欢呼，纷纷说："原来你就是高有理啊，我们等你很久了！"争相起身，拉着我，让我坐下，同他们一起吃席。我就这样半飘着让人连推带拽地请到了石凳上，坐定以后，再仔细看他们的装扮，才意识到不对劲。

他们太奇怪了，不是我们这个时代的样子。不过我才疏学浅，不知道都是哪个朝代的。我猜他们甚至都不是同一个地方来的，因为每个人的奇怪之处都不一样。我也说不上来究竟哪里不一样，反正就是不一样。

我当时可管不了那么多，一整天就吃了一个馍馍，饿得跟疯狗似的。他们也看出我饿得慌，纷纷让酒、让菜。我爱吃的菜，有八宝鱼和水晶丸子，还有凉菜、蘸果。凉菜不是黄瓜，我以前没吃过，他们说是冻粉海蜇，很好吃。菜的样式十分丰富，都让了我一遍，我也不推辞。

哥，我怀念那个酒啊，真是人间至味。我也怀念那个肉啊，真是让人忘烦。我吃着，喝着，感动得都要哭了。我敢保证全白马乡的人都没有吃过那么带劲的席。人就怕比，这么一比，咱在家里吃的东西，都和麸糠一样没法入口。就你这酒，哥，不是我吹，也就只能说凑合吧，就不说它像马尿了。咱喝这样的，是没办法。你非管这叫酒，人家那个就是琼浆玉液。

我一边吃，一边问他们这是哪里，为什么会在这里摆席？这里可是有大灶吗？想要出山该怎么走？

他们就说，九龙山有九座山，这里是其中之一的罗酆山。他们是罗酆山里的居民，祖祖辈辈都在罗酆山生活。这片地方可不太好走，时常有人迷路，等吃完饭，就送我出去。

是，罗酆山，我也没听说过罗酆山。我是后来才想明白，九龙山就是九龙山，哪里有什么罗酆山！

我又问他们为什么能知道我的名字，他们说："有人拜托我们在这里等你。"我一听就吓个半死，本来就觉得他们奇怪，像别的地方别的时候来的，这下就更觉得像了。想要趁机溜走，他们似乎瞧出我的心事，也不担心我走，就跟知道我走不掉似的，都笑着说："别三心二意了，九姑娘等你很久了！"

他们说九姑娘，给我来了个五雷轰顶，电得我寒毛直竖。对啊，九姑娘不是死了吗？怎么会在这里等我呢？我也慌啊！

不容我说话，为首的那个拍了三下掌，啪啪啪，对着篝火说："那么，请九姑娘出来吧。"大家都望向篝火旁边的一扇石门。说是石门，其实就是一块长得像门的石壁，不知道是谁雕的。等了一会儿，石门并没有动静，搞得众人面面相觑。为首的就又拍了拍手，说："请九姑娘出来。"过了一会儿，石门上就映出一个女人的影子。她的姿态可真是美啊，淡雅，文静，婀娜，绰约，只是默默不语。有人开玩笑说："九姑娘害羞了。"

众人听罢，哈哈大笑。把我拉起来，我又半飘着被人推往石门。我急了，问，你们干什么啊？他们说："当然是请你和九姑娘结婚啊！"

我很慌，猜他们可能拿我搞冥婚，就开始背语录。我磕磕巴巴背了几句，一会儿"星星之火，可以燎原"，一会儿"向雷锋同志学习""形式主义害死人"，就那么几句，再多就慌里慌张想不起来了。见不管用，只好干嚷，打倒这个，打倒那个，撒泼似的。他们只是一个劲儿地笑，我说你们也不问我愿不愿意，就强行婚配，你们这是包办婚姻！他们听了，还是笑，还是拉，还是跟闹婚似的，嘴里说着吉利的话。

结果闹着闹着，石门上的人影捂着脸消失了。他们才放开我，面色不悦地对我说："九姑娘已经看到你了。"又说："挺好的事，你非不愿意，杀猪似的叫，把人家气走了。"又问："九姑娘就那么不堪吗？"

你知道我这个人，就喜欢看变戏法的，看明白了一些，也会变些戏法。我静下来，就怀疑他们是坏人。你说，石头上的人影怎么可能是活人呢？莫不是弄了个纸影，拿光照的？我心说他们就是变戏法戏弄我。回到酒席上，他们也不再提九姑娘的事，渐渐和我说话，相互举杯，说不醉不归，仿佛刚才那件事没有发生过。

我就给他们表演了我的拿手绝活，隔空传物。我手里什么都没有，能把他们给的骰子直接变到酒杯里，实际上用的是障眼法。众人高呼神奇，说没想到你竟然也会法术，真是道行不浅。我听了以后很高兴，又来了个恶作剧，把骰子变到了一个人的裤裆里。我让那人解开裤腰看，果然有，掉地上，还甩出来个"六"，惹得众人拍案叫绝。

酒席末了，他们郑重其事地对我说："此次宴会，你和九姑娘的喜事没有办成，十分遗憾。八月十五日，我们还在这里摆席，你一定要来啊！"

我还以为这事儿过去了，他们就不会提了。我不想冥婚啊，我想要推辞。这时候，为首的那人看了一眼天，天边已略有些发白，就转过脸来，严肃地对大家说："时间不早了。"

说完，将碟子里的花生米往地上一泼。然后你猜我看见了什么？可了不得了！花生米蹦蹦跳跳，落在石头缝里，凡是花生米落下的地方，就立即长出杯口粗的藤蔓，足有一丈高，不是落花生，都是紫苏红的藤。藤蔓奇形怪状的，跟龙爪一样，最终扭动着身躯，个个缩化成人形，穿着橘色的衣服，站在原地。他们长相各异，都是先前那些人里没有的模样，有男有女，但是衣服都是广袖。

同桌剩余的十多个人，也都纷纷将盘中的青豆、黄豆、黑豆、蚕豆、蘸果洒落。那些豆果跳跃了几下，噼里啪啦地落在地上，眨眼间，就从地上冒出无数藤蔓、刀剑、花卉、青草，发出颜色各异的光。最后变成了穿着五颜六色衣服的人，足足有一两百个，把山头都给占满了。

为首的那人站在篝火的余烬边，说了句"起"。我就看见人丛中有人一个箭步冲到他的跟前，以手扳肩，以足踏髌，腾地就蹿到他的肩膀上，稳稳地站住了。

我心说这是干啥啊。正想着，第三人又爬到第二人上面去，也是稳稳站住。第四人依样上去，原来他们在叠罗汉！此时，罗汉微微抖动，第五人、第六人却不顾这些，继续往上爬。人梯虽然很危险地晃啊晃，最终却稳住了。到十多个人的时候，往上爬的人还和猿猴一样敏捷，中途没有丝毫停滞。一眨眼的工夫，人做的梯子已经插入了云霄，望也望不到边际。

我惊得连大气都不敢喘，想问他们这到底是干什么，他们又想干什么。喊了两声，没人理我。

等最后一个人冲上去以后，底下万籁俱静，只剩人梯随着风摇曳，犹如万丈的宝塔，危乎高哉！此时，最底下为首的那人紧闭的嘴张开了，一声"落"。细长的人梯，便从天顶开始微微倾斜，在云间缓缓地倒下，速度越来越快。当整个梯子落到地上的时候，我知道大事不好，吓得抱着头尖叫起来，以为他们都要摔死了，结果他们落下来的地方，出现了一条铺展向远方的路！

是的，人变成了路！

人没了，路有了。

我惊讶不已，在寂静无比的山野间喊了几声，除了篝火余烬噼噼啪啪的喘息，根本无人回应。杯盘依旧，余烟朝着云彩倾斜，化作天地间的浮沉。四下静得可怕，除我之外，空无一人。可就在刚刚，明明别的东西都在，不可能有假的。又逡巡了一会儿，越看越觉得这条路眼熟。蓦地想起来，这不就是我来时走的那一条吗！可算是让我找到了！

哥，你别咧嘴，我看见你偷笑了。你不信这些我也是可以理解的，但这都是我的亲身经历，我说了，你不信我也得说，这就是精明人比不过笨人的地方，精明人太精明了，他们很难高兴。我就容易高兴，总之信不信由你，我有义务在离开之前，把话说清楚。你爱听，还是不爱听，我都得接着说，你也得接着听。

高有理说罢，又昂头送下去一瓯。

我沿着这条小路走的时候，天逐渐亮了。

回想这一夜发生的事，我觉得很不可思议。这是真的吗？不是真的吧？可偏偏就是真的。我又想九姑娘这回事：九姑娘已经死了，那群人又是怎么知道九姑娘的呢？

九姑娘又怎么和他们混在一起的呢？莫非宴请我的这群人也都是死人？不对啊，我吃过的那些山珍海味琼浆玉液都是真的，还吃了个肚圆，嘴里的酒味还没散呢。吃嘴里的，总不会是假的吧？

越想越想不通。

天亮了，我就想，路都是原先的路，这就不怕了。想不通，咱不会回去看看吗？

我受不了疑神疑鬼的折磨，就扭头回到那个小山头。一看就慌了：山上除了碎石，就是荒草，除了荒草，就是碎石。荒草并无异样，碎石并无不妥。可仔细搜寻，就发现这里埋没着一些尸骨，在浅草堆里。细细数来，刚好十三具。

尸骨不是新的，咱也不知道是哪个年代的呆行者、穷措大、冤死鬼、流浪汉。再想，又恍惚觉得他们应该就是昨天招待我的那些人，所以不是呆行者、穷措大、冤死鬼、流浪汉，而是喜欢热闹又不喜欢喧嚣的普通人。不管是他们化成人形捉弄与我，还是我倒在这里做了个梦，与他们心意相通，总之相识一场。既然来了，就给大家伙儿上炷香吧。

可惜我手里没有香，也没火柴和打火机。就用石头摆了个简易的香案，拈了一撮细土，撒在香案上，权当给大家上香了。

　　只是上香的这个过程很奇怪。我脑子一激灵，汗毛又竖起来了，忽然想起了许多以前没经历过的往事。那感觉就跟过电影似的，我明确地知道我没干过这些事，但它就是那样清晰地出现在了我回忆里。我也不知道这是为什么。

　　我想起我为什么要去九龙山阁老庄相亲了。因为九姑娘就是我高中同学吕莳菲，是我心心相念、交流无间的恋人吕莳菲！

　　其实我和吕莳菲没有什么感情基础。说出来你可能不信，我们从高中二年级到高中毕业都是同班同学，有段时间还是前后位。可是快两年的时间里，我们说过的话都不超过三句。你也知道，以前人都死板得很，小学三四年级以前，男生女生还能一起玩闹，可从四年级开始，男女同学没有正事就不能说话了。有时候有正事也不能搭腔，一说话，就代表思想不健康，就代表着想要乱搞男女关系，代表着男生就是女生将来的夫，女生就是男生未来的妻。不出三天，准有人把你俩的关系传播出去。

　　我欣赏吕莳菲，我欣赏她的原因是她欣赏我。可以说我是因为她欣赏我才欣赏她的，我这个人就是这样，没办法不欣赏一个欣赏我的人。

我和吕葑菲互有好感，大约是这么一回事：

一个星期六的下午，学校放了假，她习惯性地留在学校，想先把作业写完再回家。我的字好，被老师安排留在学校抄黑板报。我们两个，一个在前，一个在后，背对着背，没有说话，也没缘由说话，我知道她不可能跟我说话。我做我的黑板报，她写她的作业。可我就是觉得紧张，老觉得她时不时看我一眼，就时不时看看她看没看，结果她连头也没有回过。我看见她浅蓝的衣服和漂亮的马尾辫，一下子就被她的一切击中了。她不看我，我也写得认真。我觉得我不是为了班级荣誉才认真，是为了她能看见才认真。她看见我写的字，会不会觉得字如其人，从而觉得我好呢？

唉，可惜一直写到傍晚，吕葑菲都没看我，更没和我说话。我做完板报，出去洗了把手，回来收拾书包。我的手指都累酸了，收拾书包的动作很慢，这跟手酸其实没多大关系，我是故意磨磨蹭蹭的。我瞟了一眼吕葑菲，看她的胳膊，她的鼻子，还有她的手。她的手可真白啊！等我把最后一本书装进书包，突然就很紧张。我为什么紧张呢？拷问一下自己的心灵，原来是想要和吕葑菲说话。问什么？问问吕荙菲什么时候走，想叮嘱她不要走太晚，走的时候不要忘记锁门。

这实在是太正当的理由了。不过我当时思想一样封建，觉得这样做实在是羞耻，就不要提真的很想送她回家，或者在路上远远地跟着，偷偷保护她。我只想着，男女共处一室，还有说有笑，让别人知道了怎么办？就给自己找到不去问的理由，还心说人家多大了，不知道怎么走路吗？不知道走的时候锁门吗？不知道路上小心吗？用得着我去多嘴？于是话到嘴头，硬是让我给咽下去了。

我走后，想起作业本放在桌洞里忘了拿，回去拿作业本。我现在也说不太清我是真忘了拿作业本，还是故意忘了拿作业本。我还忘了，自从我走后，教室就是吕荙菲一个人的天下了。我放轻脚步，走到教室后门，生怕打扰她。却蓦地瞥见她一个人坐在倒数第二排的课桌上。说出来不怕你笑话，我这是头一回看见这样的女生。她穿着黑色的裤子，红白的胶鞋。肉色的袜子，露出洁白的脚踝，脚踝和她的手一样白，馒头、面粉、芦花、柳絮、秋霜、冬雪，一切可以用来形容白色的美好事物，都可以用来形容她！

她偏着头，抚弄着自己的短发，哼哼着什么歌，欣赏着我画的黑板画，我写的宣传词。我感觉她不是在看黑板，而是在看我。我被她看得心快跳出来了，说真的，我活了十七年，这才头一回知道字典上一切有关美丽的词语实际上是这个意思。

突然，她伸了个懒腰，手指在空中岔开，身体尽力地舒展，像小鸟展翅。她也太可爱了，打着哈欠念黑板报上的大字，囫囵不清地说："挺然屹立傲苍穹！"

我个子高，坐倒数第二排，她坐的是我的位置，念的是我的板报，我知道，那一刻，她与我发生了令人感动的关联。她在教室里放肆嚣张，搞得站在后门外的我不敢吱声，脑袋嗡嗡地叫，脸一阵臊似一阵。我躲在墙后头，等她回自己位置继续写作业才进门，假装若无其事地拿我落下的东西。

不知怎的，我从桌洞掏作业本的时候，吕蓳菲伸懒腰念口号的形象在我脑中挥之不去，占据了我所有的思想。我的心被压在了很低的位置，一个声音压着我问："你不会是喜欢吕蓳菲吧？"另一个声音则对这种胡言乱语胡说八道造谣生事的话厉声呵斥："放你娘的狗屁！"头一个声音听罢，嬉笑起来："放狗屁就放狗屁，还能不让人放屁吗？"又问："放狗屁的人太多，为什么不能有你一个？"第三个声音响起来，他提醒我说："你想想，吕蓳菲……"又说："多好听。双唇姓，双草名。《诗》云：采蓳采菲，无以下体。"他还问我："你就不觉得好听吗?"我不回答，我的心在抖动，因为我也觉得她的名字很好听。可班上的同学，因为她的名字和她的鹤立鸡群，对她很不好，尤其是男生，老造她的谣。我就没说"我觉得好"。过一会儿，他问我："吕荨菲的眼睛和下巴，你到底仔细看了没?"

鬼使神差地，我就从前门走，想去看看吕荨菲的脸、吕荨菲的眉。我的心还是乱跳，想看却又不敢看，怕她看到我看她。一直走到要出前门的时候，我才大胆往吕荨菲的位置望了一眼。万万没想到的是，我望向她的时候，她也正好望向我，一时间，四目相对，我呆了足足两秒! 紧接着，我俩都羞红了脸!

隔了那么多年，我都忘不了那个时刻! 我的后脑勺和脸蛋猛地一麻，紧接着，这股激烈的感觉顺着我的任督二脉往下走，从头到脚，从脚到头，浑身都像过了电一般。我呆在门口，目光赶紧偏移。她坐在位上，低下了头。她的作业也写不下去了，抿着嘴唇。我是为了掩饰尴尬，才很笨拙地说："别太晚，走的时候记得锁门。"她点点头，又突然说："要不我也走吧。"

我吓坏了，也激动坏了，心想终于可以和她一起放学了! 她开始收拾东西，我不说话，没说等她，也没说不等她。我就站在门口，她就明白我要等她，也要送她。

我们走出校园，走在路上。我走在前面，她走在后面，隔着两三米远。我步子大，她步子小，要时不时等一等她。我好想和她并排走，可我不敢。我们一句话都没有，我只是听她的脚步声，只是回头一眼能瞥见她的存在，就觉得心满意足了。

我送她回到了她们村的路口，知道不能再送了，再送就有人传闲话了。她的眼睛很清澈，她用清澈的眼睛看着我说："路上小心啊。"我"嗯"了一声。这是我们说的第二句话，第三句话，就是毕业的时候了。

对，不是真的我，是我上香时窜到我脑子里的那个念头的经历。哥，你少打岔，你让我接着说。

高中毕业以后，城里的同学都进了化肥厂、纺织厂，接班去了。农村的同学和城里的同学不一样，没有班可接，照旧回家种地。学了这么多年科学文化，末了还是回老家种地，还是得听队长的，听大队的。我心里头本来就很大的不情愿，行动上就体现了出来。他们就骂我学习学傻了，连话都不会说。所以我下地干活也不用心，一不用心，就容易犯错，天天挨骂。

我再卖命也不行，累得要死也不讨好。我爹嫌我上了这么多年学，到头来也不包分配。嫌我没考上中专，做了个赔本买卖。我只能通过比别人干更多活儿来让他老人家安心一些。就天天下地，天天用心。我皮肤敏感，地里的虫子又多，身上给咬得殷红一片紫红一片。晚上难受得睡不着觉，很困很乏，可就是睡不着，直掉头发。第二天早上起来，还得接着拉车，驴马拉着都不想干的车。我爹干活是有名的费劲，别人花半下力气弄完的，按他的办法非得弄两天，还不听劝。我下了学和他一起干活，他也不听我的建议。我很愤怒，可没力气跟他吵，吵完架脑子疼，疼完还是得按他的干，大不了返工。他力气不小，浑身都是腱子，骂人也是一绝。他骂我不识撇，就是不会做人的意思。我妈劝他，他就连我妈一块儿骂。我妈也是，她明明知道我爹嘴不饶人，我爹不骂我，她就见缝插针地刺挠我。我吃着饭，只要一提干活出力的事，她就说我没出息，不肯下力。我要是提想当老师，她就哭着说哪里轮到我这样的。

才回家半个月，我的手上就全是黄茧，我没白没黑地干，他们还这么说我。那段时间，我连死的心都有了，累得浑身疼，还睡不好觉，骡马似的肉皮烂了好几块，还被他们轮流讽刺，真想一头跳井里去。我想不通为什么我要这样过一辈子。

好在我还有吕莳菲，是她给了我好好生活的希望。

忙完农活，我思前想后，干脆不回家了，出去玩两天。我家里人找过我几回，让我回家锄粪，我已经想明白了，别什么事都赖我头上，该我干的我不惜力，不该我干的别找我，他们就管不了我了。

有时候，我在路灯下捧着书本看，那时候户里都没通电，也没灯泡，只有大队部前头有。我就跑到大队部看书，看着书也觉得心里缺一块东西。一有长空，我就去找吕莳菲，和她交流看书的心得，交换读书笔记。这样我就不缺什么了，我什么都有。

我走三十里地，去她家院墙外头，学三声猫叫，然后去村外边等她。等她到了，就同她说几句简短的话，把书和笔记还给她。她就赶紧回家，以免让人看见。有时候等不到她，我就把书本、笔记和写给她的信压在她家石础旁的砖下，她时常去看有没有，如果有，就很高兴。

我和吕莳菲就是这样恋爱的。

一开始怎么交往？不是，一开始没提处对象的事，也根本没想着这是处对象。我们单纯地写信讨论学习和生活，交换读书笔记，就想像这样下去。名义上是共同学习、共同提高，写信的表达也很克制。信里都说的什么？什么都有，但起初不涉及感情，把感情藏在字里行间。最露骨到什么程度？最露骨的那一次，我们就等于确定恋爱关系了！

有一回，我受不了想她，就在信上问她如意郎君的人选。她不说，还反问我。我就回信说：其一不胖不瘦，其二英语要好，其三要住在山上，其四得上过学，其五唱歌要好，其六名字里必须有俩草。

她回我信，说不太理解我的要求，不同意一个人将这样细致的条件当成择偶的标准，看起来是细致的，实际上却是笼统的。如果是她，她会选择人品端正、谈得来、生活上相互体贴照顾、事业上相互鼓励的人，如果一定有个标准，那就是写字要漂亮，最好是姓高。

我一开始看的时候，心都凉了，心说完蛋了，人家说不理解我的要求，不同意这个标准，说明人家不愿意。没想到看到最后，她竟然说要找"写字漂亮"的"高姓人士"成为自己的丈夫。她一开始还说不同意细致的条件，最后反而细致起来。我看了又看，确认没看花眼，当时就喜上眉梢，一整天，两整天，只顾着傻笑。出夫傻笑，挖土傻笑，吃饭的时候也傻笑。我爹看我冰住了，盯着用筷子抄起的一绺面条，眼里透出痴情的傻笑，就拿筷子敲我的筷子。他把碗敲得当当响，教训我说不吃滚蛋，我不管他，我激动的心也和碗筷一起高兴地当当跳。

我们通信六年，第五年才确定恋爱关系，这时候就开

224

始约会了。

吕莳菲家是卖豆芽的。有一回，她父母去集上卖菜，她说她头疼，没有去，其实是偷着和我约会。我们在山林里走，隔着一米远的距离，这个距离比以前要近许多，意味着我们两个的感情近了许多。还有一点不同，上回是一前一后，这回是横着的。一米的距离，既不近，也不远，一男一女单独相见，既正经，又不正经，代表了我们之间纯洁但又不是很纯洁的友谊。光是这样，就足以让草木、云朵、流水知道我们很特别的关系。

我手足无措，自惭形秽。我这些年已经成为名副其实的农民，皮肤黑粗，面貌寝陋，唯有眼神因为吕莳菲的召唤，还算有点光。和她站在一起，我总感觉我在玷污美好的事物。感觉她是鲜花，我是牛粪。但她却一如既往地对我好，根本没有什么嫌弃我的地方。

她的性情其实很开朗，只是一直被压抑。这一点知道的人不多，似乎只有我知道。外人见了，都以为她文静老实，不知道她还会欢呼雀跃。

我们谈论最近的境遇，她总说是豆子就会发芽，有理想就会开花。又说她心目中的我的名字，就是有理想的意思。又谈小说和诗歌。她说最好的小说就是自己的人生，自己的人生，还不是自己书写？我的手早已被砂石、麦田和秝秸磨出了厚厚的老茧，所以没有牵她的手，我怕我粗笨的老手会刺痛她。我抚摸着溪边的滑石，同样的大石上坐着我喜欢的女孩，就很满足了。我的烦恼很多，听她说话，内心就能得到了安宁。

我还记得这样一个场景：

她望着山顶上一片云彩，轻轻说："你看。"

那是一朵孤独的云，像一只温吞的大象在山顶的树梢上缓缓东移。一只火红的凤凰从墨绿色的山谷中飞了出来，斜斜地朝着大象飞去。见到这个场景，我们都没有惊讶，只是盯着。

凤凰在大象身边转了两圈，随即悠闲地飞进了云彩里。过了一会儿，那朵云变了形，大象成了胡乱堆砌的棉花，变黑了，成了乌云。从乌云里腾跃出一条青龙，那条青龙应该很大。可是太远了，远远看着，就像一条细细的黑线。但它那蜿蜒盘桓的姿态，一看就知道是一条龙。这时候，凤从云彩里出来了，与龙追逐打闹，相携而去，飞进了太阳里。

这个场景让我感动，我也不知道我为什么感动，或许是因为我鼓足勇气，趁机牵了一下吕莳菲的手吧！狸首之斑然，执女手之卷然。吕莳菲的发随风凌乱了，而我牵着她的手好柔软。最让我感动的是她被我牵住了手，却并没有缩回去。我牵她的手，又赶紧放开。她见我放开，反过头来牵我的手。

你也觉得真好，是吗？

可我却早已打定了主意，对她说："妹妹，我以后可能没办法来看你了。"

她一愣，问我说："为什么?!"

我说："我和别人订婚了。"

她甩开我的手，站起来后退了几步，用非常失望万分伤心的口吻问："和谁?!"

我说："你不认识。"又说："反正这是我们最后一次见面了。"

哎呀，哥，你可别骂我了，我订什么婚啊！诳她的。我想想我当时真是愚蠢到面目可憎啊，怎么能对莳菲说出那种话来?! 真是造孽啊！

我可以对天发誓，我和谁都没订婚。咱混成这副模样，不该，也不能让人家嫁进门来。她嫁给我，迟早要变成个黄脸婆！哥，你也下过地，干过活。在家里种地出大力的人，天天过的什么日子，你不是不知道。要是好过，谁还想吃国库粮？谁还想当城里人？我种地才几年啊，就老得连自己都不认识了。她要是嫁给我，还能有好吗？我就是这样想的。

我当时还有一个打算，我是这么想的：吕莳菲那么好，喜欢她的不止我一个。除了我，还有毛庄大队书记的儿子毛爱国和毛爱民，他们兄弟俩倒挺稀奇，分到了我们同一班，还都喜欢吕莳菲，喜欢吕莳菲的方式，就是欺负吕莳菲，为此他俩经常打架。可吕莳菲不喜欢他们，因为他们为了吸引吕莳菲的注意，总是造吕莳菲的谣，说她是豆芽变的，否则胳膊不会那样白，你说好笑不好笑？除了他们兄弟，还有个在县城机床厂接他爸爸班的刘仲书，也是我们同学。刘仲书以前是班干部，很喜欢发言，拉帮结派的，我死讨厌他。不过，这人做事还是说得过去的，只要不是他的对头，什么都好说。

我觉得吕莳菲选他们中的任何一个，都要比我好很多，就问她知不知道刘仲书的近况。她说她当然知道了，毕业以后，刘仲书就经常给她写信，还提着桃酥、饼干、精肉、苹果、白酒来她家探望。她的父母受宠若惊，对这个戴着眼镜的人的到来表示热烈欢迎，还说下回再来不要带东西了，没外人。

在此之前，我还以为我独占了跟吕莳菲通信的权利，没想到刘仲书这王八蛋也给她写。真想跟刘仲书打一架，同时又觉得吕莳菲背叛了我。可你想想，人家正常的通信凭什么要你说不行？刘仲书家庭富裕，生活条件好到不知道哪里去了，干嘛不能提着礼物来看老同学呢？你都打算不耽误人家了，怎么还想着霸占人家的一切感情呢？

我当时的觉悟太低了，心想着人不能被一时的感情迷惑，往后的日子还很长，要为长远计。所谓贫贱夫妻百事哀，人要是穷了，就会没志气，就会生怨气。一年两年还没事，十年八年，肯定天天怄气。想来想去，还是觉得不能让吕荞菲跟着我受这洋罪。人家肯定对我犹豫不决，一是我水平还是有的，咱小伙也还不错；二是我家里条件太差了，裤腰带都用破布条代替。我要是真为人家好，那就该断了，还要主动跟人家断，好让她没有心理负担地和别人恋爱，跟别人结婚，同别人生子，与别人白头偕老，和别人过上没羞没臊的好日子。

我就跟她说我和别人定亲了。

她当时难受得要死，脸色很难看，却也没嚎，只是默默流泪，跟决堤了似的，泪水顺着下巴往裤子上滴。我是如此清晰地看着她的下巴，我想我应该为她擦去眼泪，可我不允许自己再伸手。我们再没说一句话，就跟当初在教室里一样，只是听风，听水，听鸟叫。

临了，我们默默在山里走，走到一个岔路口，在一棵桦树下站定。她说，我们同学两年，朋友五年，恋爱一年，这么久，还没拥抱过。既然你要和别人结婚了，那我们抱一下吧，就算恋情的结束，至亲的告别。往后我不会见你，你也不要来找我。

我就抱了她一下，抱着的时候，我有千言万语想对她说，可不知道说什么好，她也没多说什么，她肯定失望至极。我抱着她不愿意松开，她也抱着我不松开。我亲她，她不回避，也亲我。我用嘴唇碰她的嘴唇，她用鼻子蹭我的耳根。不过，她很果决，最后还是挣脱掉我，将乱发理利索，说了句"路上小心"，就走了。

我见她走远，小小的肩膀支撑着她的火柴头，那颗火柴头仿佛被风吹灭了。她心如死灰，已将青春燃尽。我也心如死灰，蹲在路上，嚎啕大哭，哭得撕心裂肺。我从没有那样哭过，真的痛彻心扉，我高喊："吕莳菲！吕莳菲！"最后哭晕了过去。

好，我再说我相亲是怎么一回事。

我回到家，想着真不能这么一辈子面朝黄土背朝天，我得出去！就带着二十块钱出去了，跑到城里的饭店打工，后来又跑到南方倒衣服，虽然被当成盲流抓了好几回，可总算自己当了老板。过了好几年，我从外面回来，已经顶得上十个万元户，也算是衣锦还乡了，就迫不及待地打听吕莳菲的事，才听说她还没有结婚。

我喜出望外，我不是在外面赚了点钱吗？赚了钱，我就办了农转非，也成了吃国库粮的人了，觉得自己的未来也有了保障，就想着再找找她看，毕竟可以给她未来了。

　　可她家里看她很严，我们中断了那么久的联系，没法通信，急得我不知道怎么办。我和吕莳菲认识很久后，才知道六婶是她们村的。以前用不上六婶，也就没注意。现在得拜托六婶了，就委托六婶，假借说媒的形式打听一下吕莳菲的近况。

　　我给我六婶带了几盒桃酥，十斤五花肉，两桶油，几瓶秋露白。六婶收了礼，就把这事当成了她的头等大事，第二天就动身回她娘家村里，找吕莳菲家问情况。我六婶年轻的时候就是说好话的行家里手，专门靠这本事吃饭的。她把我吹得天花乱坠，搞得吕莳菲的父母除了点头就是点头，又说吕莳菲年纪大了传言也不好，狠狠贬低了吕莳菲一番，吕莳菲的父母跟着着急，竟达到了倒贴也要来的地步。当然我六婶报上的是我在外闯荡时用的假名，没用高有理这个名字。

　　没想到六婶嘴里的我这么优秀，吕莳菲也不同意。

　　但所谓父母之命，媒妁之言。她不同意，她的父母同意就行了。他们跟吕莳菲说，那边的是个高中毕业的，未来还有念大学的打算，也支持他对象念大学，他还愿意安排你弟工作，说明他很有诚意，是一个非常体贴，非常尊重别人的人。有文化，就和你有共同语言。都上过学，交流起来就不费劲。最重要的是，人家家境尤其不错，以前是穷了点，可那是有历史原因的！后来响应国家号召，努力创新，赚了那么多钱，从外头回来，接着就给家里盖了两排瓦房。你跟了他，以后必然不亏。

吕荠菲听了，不吭声，不说行，也不说不行。这是她一贯的伎俩，因为对于家里头重要的事，她不能反对，也没有权利反对。如果反对，就会一直被劝说，直至劝到崩溃，放弃抵抗，就算同意了。

可这回不一样，吕荠菲铁了心不愿意，被谈心，谈了一星期，还是不答应。

她爹急了，拍板道：不就是担心那小子是丑八怪吗？现在不是从前了，相亲都要当面看了，就让那小伙子来一趟，让闺女躲在侧房里看看，咱都看看他人才怎么样，再做评判。要是不行，咱就再找。要是不错，今年说什么也得把婚事办了！

我六婶是这么跟我说的。

谁知道吕荠菲真是死倔，跟她爹吵了一架，她爹从来没见过女儿这样，急得直跺脚，还说："你怎么变成这样了？"可说破天吕荠菲也还是不点头，连看都不想看我一眼。她娘见这情况，也跟她对坐垂泪。她娘舍不得她，觉得闺女嫁出去就等于离开了自己的家。虽然知道闺女大了要嫁人，再晚就不好办，可也觉得拖一天有拖一天的好处。只是事儿在那里逼着，由不得再拖了。吕葤菲她爹的脾气，跟我爹有一拼，这也曾是我们共同的话题，她爹见逼勒不成，一怒之下就打了她。

她想不开，哭了两天，夜里在房梁上挂了段绸子，上吊了。

她就是这么死的。

有人说，吕葤菲是在等人，可是究竟在等谁，谁都不知道。我恼啊，别人是不知道，我可知道。我知道她是在等我，或者是没想明白究竟还能不能找到她"心灵的依托"。她为了我而死，我就不能装大洋憨，跟个没事人似的，躲在一边啥都不干。

我恨我自己，怎么就非要去试探人家？试探就试探吧，还用了个假名。我还忽略了我六婶那张嘴，我后来让六婶报我的真名，她自作主张，认为让人知道我以前的名字，就知道我家曾是穷光蛋了，就知道我爹娘不好对付了。要是用真名，吕葤菲能死吗？我还懊恼我当年怎么那么绝情，那样幼稚，根本没有勇气和担当。我出去闯荡，又回到了老家，这时候再回想那时候的事，就知道我完全可以带着她一起出去，或者死皮赖脸赖上她，其他的事以后再做打算。虽然也很难说会怎么样，可毕竟有情人终成眷属！

当然了，我重申一遍，这不是我亲身经历的事情，是我给那些尸骨上香的时候，挤到我脑子里的。事情就那样留在我脑子里，那样清晰，那样明白，我很困惑，也很伤心，我心说我怎么是这样一个人。

我上完香，就好像经历了好多年好多事。我蹲在人家的尸骨前头，眼泪簌簌地流，我好伤心啊，我就跟真的失去了我真正的爱人一样，无比沮丧，扑在地上哇哇地哭。我喊着"荮菲"，我说："我对不起你啊！你等我啊！我八月十五再来找你！"

我相信昨天晚上碰见的都是真的，决定中秋节再来赴约。

高有理回忆到这里，陷入了一种癫狂的状态。

我越听越觉得古怪，可又很感动，见他又灌了一杯酒，哭了起来，就抓住他的胳膊提醒道："你得清醒一点，你这是做梦，不是真的！没有吕荮菲，你们之间也没有恋情，你可千万别再去山里了！听见了没有？"

高有理醉眼惺忪，眼里的泪依旧不停地往下掉："你不懂，哥，你不懂。你说那是梦，是因为你没经历过，你没经历过，就没那个概念。我知道那不是梦，哥，我就是来跟你说这事儿的。八月十五，我一定再度赴宴，去找九姑娘。给自己许的诺也要兑现，人最没法欺骗，也不能背叛的，就是自己了。"

没菜了，我给高有理炒了一份羊肝，弄了盘糖拌西红柿。

高有理吃着，接着说他的故事：

上完香，我决定折回阁老庄，去看九姑娘。到了庄里，看见一伙人正在搭灵堂，堂屋里停着一口柏木棺材。我冲进院子，闯进堂屋，趴在堂屋正当中的棺材上大哭起来。哭了大约半个小时吧，终于被同样悲伤的亲戚们拉开了。他们也很痛苦，又因为我的哀哭而流下了更多痛苦的眼泪。我们相互抚慰了一番，九姑娘她爹就问我是谁。

我说我叫高有理，是吕莳菲的同学。

她爹很疑惑，把眉头皱得跟我爹似的，问我说："吕莳菲是谁？"

我说："是我的高中同学，我亲密无间的战友，彼此人生中最重要的导师，曾经心心相印的恋人。"

她爹皱着眉头，问我是干什么的，究竟是哪门子的同学，哪门子的导师，哪门子的恋人。我说我们是一中的同学，高二和高三都在一个班，还说了班号四班。又说我们彼此指导对方的写作，对方的思想，对方的人生。还说我们牵手过，拥抱过，亲吻过。

他们一听就急了，哄哄着赶我出去，还要打我。她爹疯了，骂得太狠了，跟我说你他娘的哭坟哭错地方了吧，你他奶奶个屁的满嘴胡吣个什么？你是哪里来的神经病？你回家哭你娘去吧。我不服气，在他家院子里闹，旁边人也都问我怎么回事，我才知道根本就没什么吕荶菲，阁老庄的人全姓李，就算是嫁到这个村的小媳妇子，也没有一个是姓吕的。死的那个姑娘是初小文化，小学都没上完，上哪里找她的高中同学去？

我被说糊涂了，不信，非要掀开棺材板，看看躺在里面的是不是她。我叫着，嚷着，求他们让我掀开棺材板瞧瞧，结果他们非但不开，还打了我，我的嘴都被他们打破了。

听到这里，我就知道这狗日的肯定是挨了揍以后跑我这里胡吣来了。就说："你戴着个大红花，那是跑城里的婚礼上，想冒充'嘉宾'吧？你吃到席了吗？没有。新郎新娘两边的亲朋都不认识你，结果就露馅儿了。你露馅儿就露馅儿，还理直气壮的，就挨了人家的打。"

我喝了一口酒，问他："新娘是不是就叫吕莳菲？"

高有理不说是，也不说不是。

只是哭。

他太悲伤了，我就说："你以后想吃好东西，就来我这里。我给你炒鸡蛋，买酒，上佳肴。你不要再去蹭人家的酒席，也别妄想着和妖魔鬼怪共进晚餐，都是没有的事。咱是种地的，不是卖唱的，不要老觉得干活累，生活苦。苦不苦，想想红军两万五！累不累，想想革命老前辈！"

高有理没说行，也没说不行。

只是哭。

一九八二年国庆节，我和高有理的妹妹高蕈结婚。

这么重要的事，高有理却没来。

我与高蕈因为忙着婚礼的事，就没太多精力去琢磨他的事。拜托别人四处找，没找到。我发现不对——高有理可能失踪了。我发动亲朋好友，前前后后找了一个星期，各大队也都在大喇叭上喊了，还在各处张贴了告示，依旧一无所获。

这时候，我突然想起他给我讲过的故事，就跟高蕈说，要不要去邻乡的九龙山上找一找？高蕈不懂为什么要去那里找，我就说高有理老说他想去山上玩，可能就在山里玩呢。

没敢跟她说实话。

我们一起找了五天，终于在一个小山头下发现了高他吊死在了一棵歪脖子树上，树的旁边有一块石壁，像一扇门。上面用红色的油笔写了五个字，"吕荞菲之墓"，很整齐，也很漂亮。墓边有毛笔，有颜料，我知道那是高有理的字。

远处的山背托着红黄黯绿的叶海，云彩被太阳照耀，一半昏暗，一半鲜明。清风徐来，竹撼松摇，高有理也跟着它们安静地摇晃。

我常常为这件事感到悲伤。

惊奇 wonder BOOKS

见怪啦	出版统筹 周昀	责任编辑 郑伟
JIANGUAI LA	特约编辑 黄建树	封面设计 郑元柏

图书在版编目 (CIP) 数据

见怪啦：虫知县与其他故事 / 豆子著 . -- 桂林：
广西师范大学出版社，2024.6
ISBN 978-7-5598-6905-0

Ⅰ. ①见… Ⅱ. ①豆… Ⅲ. ①短篇小说 – 小说集 – 中
国 – 当代 Ⅳ . ① I247.7

中国国家版本馆 CIP 数据核字 (2024) 第 081939 号

出版发行　广西师范大学出版社
　　　　　地址：广西桂林市五里店路 9 号
　　　　　邮编：541004
　　　　　网址：www.bbtpress.com

出版人　黄轩庄
经销　　全国新华书店
发行热线　010-64284815
印刷　　山东临沂新华印刷物流集团有限责任公司
　　　　　地址：山东临沂高新技术产业开发区工业北路东段
　　　　　邮编：276017
开本　　787mm × 1092mm　1/32
印张　　7.75
字数　　127 千
版次　　2024 年 6 月第 1 版
印次　　2024 年 6 月第 1 次印刷
定价　　52.00 元

如发现印装质量问题，影响阅读，请与出版社发行部门联系调换。